バナナの花は食べられる

BANANA FLOWER CAN BE EATEN

山本卓
Suguru YAMAMOTO

白水社

バナナの花は食べられる

装丁　工藤北斗
装画　たかくらかずき

目次

バナナの花は食べられる

［登場人物］

［登場人物］	２０１８年時点の年	その時点での職業
1…………穴蔵の腐ったバナナ	33歳	個人事業主
2…………百三一桜	34歳	マッチングアプリのサクラ
3…………レナちゃん	28歳	セックスワーカー
4…………クビちゃん	23歳	売春の斡旋ドラッグ売買の仲介等
5…………アリサ	36歳	スーパーマーケットのパート

［空間イメージ］

屋内にある物と屋外にある物とが渾然一体となる空間。例えば床には横断歩道の白線があり、しかしその線の先に待つのはベッドであったりする。事務机が置かれた場所の隣には二畳ほどのカーペットとローテーブル。公園のベンチ、の真横に喫茶店の椅子とテーブル（の上にパソコン）。背の高い脚立に衣服がかけられており、頂点に時計（11時で止まっている）。その脚立の足元に本棚があり、本のラインナップや怪獣の人形。エレキギターとアンプとスタンドマイクを街灯が照らす。壁はスクリーンになる。以上、配置の方角は問わない。これ以上に物があってもいい。コラージュされたような空間であること。

［凡例］

- **ゴシック体の中央揃え**はスクリーンに投影される文字とする。
- セリフ中の／は独白と会話の切り替えとする。
- **4**のセリフを太字で表記している箇所は、スマートフォンの文字読み上げ機能による音声であることを意味する（iPhoneの場合、設定→アクセシビリティ→読み上げコンテンツ→入力フィードバックから設定可能：2021年3月時点）。**4**がスマートフォンの文字読み上げ機能を舞台上で用いることについて、あらゆる支障が生じるとしても、録音であってはならない。
- *斜体*は歌唱部分を示す。

第一部

地面を這いながら1が現れる。

やがて人類の進化の縮図のように徐々に起き上がり、最終的にパソコンの前にたどり着く。

1

「33歳、独身、彼女なし、ゆえに当面結婚の見込みなし、アルコール中毒、ハウスダストアレルギー、ペットなし、友達なし、実家との連絡なし、マスク越しくしゃみしたらマスクの中ちょー臭い、へんな酸味(さんみ)のにおい一日とれない、趣味は想像力の活用、もといアダルトビデオウォッチング、仕事は個人事業主、もとい元詐欺師。前科一犯。とこれだけ書けば存分なクズとお思いの方もいるかもしれません。しかしながら当人は自らをクズとは思っておらず、世間が貼りつけんとする負け組のレッテルに抗っております。わたくし、ひとり部屋でたまにきゅぴーんとか言います。はたから見れば奇声をあげた狂人のごとく思われるかもしれませんが当人にとってみれば愛嬌のつもりでやっております。姓はブドウヤ、名はバナナ。人呼んで穴蔵の腐ったバナナと発しやす。友達からはじめましょう。いな、それ以上は望みません。きゅぴん。」

＊＊＊＊＊

2018年

1　2

穴蔵の腐ったバナナがそれをマッチングアプリに書き込んだのは2018年6月、梅雨の湿気に天然パーマがしつこくくるくるとまとわりつく嫌いな季節、積ん読したまま放置していた自己啓発本『君の友達が君自身だ』をおもむろにひらくなり読破し大いに感銘をうけ、ポンと膝をたたき、言った。

よし！　友達をつくるのでありますぞ！

2

写真加工アプリで盛り盛りに盛った自らのセルフィーをプロフィールに貼り付けるやいなや、やたらと絵文字の多いミカ☆という名の女から早速ツンツンがきた。

穴蔵の腐ったバナナは思った。

1

ははんプロフ写真なかなかなかなベッピンだけれどもほのかに谷間を見せてくるあたり釣りの匂いがしますぞ！　いっちょ探り入れてみっか……ミカさんツンツンありがとー。もしよかったらメッセージやりとりしましょー。

やりとりしましょー（￣▽￣）

ってか遊びのエッチに興味ありますカ？？☆*:.｡.o(≧▽≦)o.｡.:*☆

1

穴蔵の腐ったバナナは思った。「はい、釣りですね」と。そんな簡単に釣られるほどこちとらピュアじゃないんでね、ネットから拾った適当な写真をつかって、性欲を餌にうぶな男子を騙(だま)そうってかい、手口が見え見えなんだよさしずめ語尾のかをカタカナにしてくるあたりそしてこの古臭い顔文字を使ってくるあたり30オーバーのおっさんの仕業と見た。おっさんがおっさんを釣ろうと金まくって

2

どうすんだ。これだから少子高齢化に拍車がかかるんじゃないか。穴蔵の腐ったバナナはミカに返信した。

「ミカさん！　君が男であること、ぼくを釣ろうとしていることはお見通しだ！　いますぐ君に説教をしたい！　君みたいに性欲をつかって金を巻き上げようとする詐欺師を僕はゆるせない。詐欺ならばもう少しプロ意識を見たい。ミカという80年代にありがちな名前をつけるあたり君の年齢が透けて見えるし、おまけにものの一通で遊びのエッチに興味ありますかと聞いてくる雑さ、そしてその語尾のかがカタカナであるあたり、98パーセントの確率でぼくは君を30オーバーのおっさんだと思っている。だめじゃないかこんなことしちゃ。もし君がお金がほしくてこんなことをやっているなら考え直したほうがいい。それとも女性のふりをするのが楽しくて、釣られる男たちが馬鹿に思えてこういうことを楽しげにやっているのなら僕が友達になってあげてもいい。つまり僕は釣りだとわかりながら君とやりとりをしてもいいと思っている！　そう、課金してあげてさえいいと思う。君みたいな詐欺の素人（しろうと）に、かつての自らの過ちの罪滅ぼしとしてなけなしのお金をあげたっていいと考えている。どうだねミカさん。ふははは！」

1　このメッセージが既読されるやいなや、このアカウントは削除されました、というメッセージを残してミカは消えた。

このアカウントは削除されました

1　7月、小さな物語が動き始める。荒（すさ）ぶ風にさらされればポキリと折れてしまいそうなくらいのか細い一抹の物語であった。

2　それは穴蔵の腐ったバナナが久方ぶりに例のマッチングアプリ「TSUN-TSUN」を開いてみたことからはじまる。

1　メッセージ131件、ツンツン301件。ほぼ放置していたにもかかわらずこれだけの人間が自分に興味を持ってくれているということに穴蔵の腐ったバナナは「非（ひ）モテ」からの脱却を告げる鐘の音を聞いた。

2　かーんかーん。

1　モテている。すなわちこれ、腐ったバナナは土に還り芽となりふたたびバナナの木となり実を生やす。ええ、食べ頃ですよと。夢ならば覚めないで。と腐ったバナナ改め完熟バナナは思うのであった。

メッセージ From IKU

突然のツンツンからのメッセージごめんなさああい(￣▽￣)

プロフみて間違いなくこの人!と思って連絡しました~(๑¯ω¯๑)

1

はい、釣りですね。

メッセージ　from さやか　軽い女はイヤですカ??

2

完熟バナナはアプリを開いた瞬間のときめきをピークに賞味期限が切れていくのであった。全部、全部、釣りだ……131件のメッセージのうち131件、すなわちすべてのメッセージがおっさんのトキメキを食い物にするちっぽけな詐欺師の仕業であることを完熟バナナ、いな、身の程を知った腐ったバナナは理解したのである。

1　絶望が怒りへと変わる速度はスカイフィッシュ並みだった。怒り狂った穴蔵の腐ったバナナは131件のメッセージに説教メールを送りつけた。

2　「君たちはみんなおっさんだ！　あるいは同一人物が複数アカウントをつかってメッセージを送りつけてきているとしか思えないほどのテクニックのお粗末さだ！　いな、ぼくはもう確信した！　君はたった一人で131人もの人間になりすましているのだろう⁉　さしずめ先月のミカさんも君の所業だな！　鬼畜。」

1　「寂しさが君をこんな蛮行に駆り立てるのだろう？　お見通しさ。僕だって何年か前は君と同じようなもんだった。いな、きみよりずっとワルだったかもしれない。引き際わからず下手こいて臭い飯も食った。でも僕は更生したんだ。このお星様の写真を見てくれ。（スクリーンに折り紙で作った星のメダルの写真が映る）このお星様は禁酒1ヶ月を意味する記念品でござる。見ての通り手作りでござる。このお星様の奥にある温もりを胸になんとか這いつくばって生きてきたんだ。わかるか君にこのござるが！」

2　「僕は断酒会に行きたい！　アリサさんに会いたい！　このお星様を作ってくれたアリサさんを、抱きたい！　そんなふうに思いながらも音信不通なのだ、くうぅ。」

「そう、僕がこのアプリを久しぶりに開いたのだってもしやアリサがここに？　の発想を拭うことができないからだったのだ。くぅ。こんなインターネットジャングルにアリサの残り香がありやしないかと開いた僕がバカだった。君、ところで僕は君に仮の名前をつける。出会い系のサクラ……１３１人……君の名前は百三一桜ということに便宜的にさせてもらいたい。」

「百三一桜くん、よく聞け。僕は君に、詐欺師ＯＢとして、いな、善良な人間を目指すべく這いつくばるクズ人間の代表格として君に助言する。いいかい、百三一桜くん。君は変われる。紫陽花にへばりつくカタツムリの速度ぐらいゆっくりかもしれない、それでも、変われるんだ。」

この長文をコピペし１３１件に送りつけた。

ふう。ほんと。やんなっちゃうぜ。

＊＊＊＊＊

2　穴ちゃんの見立ては当たっていた。あの頃俺は、たしかにマッチングアプリで課金してくるバカをカモにささやかな日銭を稼いでいた。ある時は30代ＯＬに、ある時は18の高校生に、ある時は40代の専業主婦になった。１０００のアカウント名を持ち、そのたびキャラクターを使い分けチャットする。そう、俺は複数の役を演じる役者であるという自覚のもと、百戦練磨の日々をすごしていたにもかかわらず、だ。

1　百三一君、きみは、変われるんだ！

2　ちっわらけてくるぜ。カモの分際で何を偉そうに。説教なんか、物心ついてから親にもされたことないってのにさ。

1　百三一くん！

2　くう。うるせえうるせえ。そんな変な名前じゃねえ！　俺の想像力の中にこだましてくるんじゃねえ！

1　メッセージ from 穴蔵の腐ったバナナ

「百三一君へ。まだアカウント消さないでくれてるんだね。ありがとう。さっきはちょっと熱くなってしまった。長文のメッセージを送りつけてごめん。これ、詫びというか、いな、君の未来への投資だと思って、ささやかながらプレゼントするよ。君に１万円分課金してあげる。たしか３割がツンツンに引かれるから君の手元には７千円が残るはずだ。これで美味いものでも食べてよ。じゃあね。２０１８年７月１５日。穴蔵の腐ったバナナより。」

2

俺は思ったね。こいつ、バカなんじゃね？　って。笑いが止まらなかった。カモがカモにされてるってわかってわざとカモられてる。ははは。ブリッジしながら笑ったね。ブリッジしながら笑ったことなんて人生ではじめてだった。ははは。

1

百三一君からのレスなく三日が過ぎて、穴蔵バナナは自問自答していた。己のしたことは、正しかったのだろうか？　と。己のしたことが百三一桜くんの自尊心をゆるやかに傷つけてしまったのではないか？　変わりたくないと思っている人間に変化しろと押し付けているのではないか。７千円という数字はあまりに生々しくて、５００円とかのほうがよかったのではないか？　そんなふうに思っていた午前２時１３分だった。

TSUN-TSUN

メッセージ from 百三一桜

会えませんか？　男ですけど

2

人の多い街中（のプロジェクションを背景に）。リュックサックを背負い、黒いマスクをした1。ずいぶんと辺りを警戒している。携帯に文字を打ちはじめる。

やっほ
つきましたサウナの看板の見える交差点の前
黒いマスクをしているのがぼくちゃんです

1

たしかに穴蔵の腐ったバナナは念のためミリタリーショップで買ったメリケンサックをポケットに忍ばせていた。イエス。万が一新手（あらて）の呼び出し型詐欺、つまりは暴力によって金をまくられるなどといったことが仮にもあった場合、自衛の手段としての鉄槌でもって百三一桜くんの目を覚まし正義を貫くことを心に誓いつつ。でも待って。もし相手が複数だったら？　屈強な男たちに穴蔵バナナは囲まれるのだとしたら？　そんな未来が来るのだとしたら？　イエス。その時はこの手製の唐辛子スプレーをお見舞いするのだ。

2が現れる。窺いながら、恐る恐る1に話しかける。

2　バナナさん、ですか？

1　（すかさずメリケンサックを嵌め、ファイティングポーズをとる）

2　あ。ぼくですぼくです。百三一桜です。というか、あなたが百三一桜と呼ぶ男です。

1　（メリケンサックをしまって）……百三一くんですか。（マスクをはずす）穴蔵の腐ったバナナです。よろぴく。（手を差し出す）

2　（それを無視する）……どっかお店入ります？　居酒屋とかにします？

1　ねえいきなり説教であれなんですけどプロフィールちゃんと読んでます？　禁酒中なんだよ僕は。

2　自分から会いませんかと呼びかけておいたものの、人通りそれなりの街中でメリケンサックちらつかせる栄養失調っぽい感じの男を前に、絶賛後悔しまくり中の俺は思っていた。やっちまった、めんどいから撒（ま）こう。／ああ、ごめんなさいごめんなさい。じゃあ喫茶店にしましょう。（歩き始める。わざとはやく歩いたりどこかに隠れたりするがしぶとく1はついてくる）

1　単刀直入に聞くよ百三一くん。君の目的がなんなのか、さっきからぼくはフィリップ・マーロウばりに思考を巡らせているんだ。ちなみフィリップ・マーロウってわかる？

2　や、あんましわかんないっすね。

1　じゃああとでリンク送る。とにかくね、いっぱいいっぱい考えてる。でもじらされてる。君が僕を呼び出したわけ。これいったいなんだろう？　いっぱいいっぱい考えてる。でもわからない。喫茶店着いたら本題にうつりましょうみたいなオーラが君からでてる。でも喫茶店着かない。君は足早に歩く。でも風景が全然変わらない。じらされてる。イマジネーションだけが変わる。でも風景はまるで書割（かきわり）。君と風景が結託してぼくをじらしてる。君はなぜ僕を呼び出した？　僕はなぜここにいる？　我々はどこからきた？　我々は何者？　我々はどこへ行く⁉

2　呼び出した理由すか？　や…………（とても長い間）暇だったから、かなあ。
1　ひ、ひま⁉
2　そうっすねえ。暇じゃなきゃこんなことしませんよ。
1　き、君の暇のためにぼくは中途半端にスケジュール押さえられたってのかい？
2　あ、ダメでした？　忙しかったですか？
1　忙しいよすごく。社会人だもん。社会人は忙しいんだよ。
2　どういうことしてるんですか？
1　いっぱい。いっぱいだよ。いっぱいしてるの。
2　へえ。すごいなあ。
1　すごくなんか、ないよ。
2　いくつすか？　年齢
1　33。
2　あっ一個下か。俺34なんで。
1　まあ年功序列っていうのは、悪しき文化だよね。
2　なんかヤバない？　俺ら。わりにいい年なのに独身で彼女いなくて。おまけに

1　マッチングアプリのサクラって。未来なくない？　はは。あのね。俺らって言われても僕はちゃんと個人事業主の届け出だしてんだよ、しかるべき税務署に。玉川税務署に。あのね、君の仕事の中身がいまいちわかんないんだけど、女性のふりして課金させて、そこまでは理解。でもその先、いざ会いましょうってなったらどうすんの？　女装して会うの？

2　や、結局俺のやってることは、なるたけ課金してもらって、最終的には女の子の斡旋なのね。そっから割合もらってんの。やあ……自分でも自覚あるけど底辺よね。俺ら。

1　らをつけないでくれたまえらを。ぼくはいっぱいいろいろしてるんだって。いっぱいいろいろ。税金も納めてる。NHKだって払ってるんだぞう？　君はそういうのちゃんとしてるの？

2　やあ、俺はそういうの全然わかんないわ。底辺だからさ。はは。

1　底辺と自嘲する百三一くんの瞳は、たしかに何かを諦めている瞳であり、愛を知らない瞳であり、いな、愛を嘲笑ってきた瞳であることを、穴蔵バナナはお見通しなのであった。しかるにつまりそれは、かつて、自尊心のかけらもなく悪意と狂気に満ちていた我が悪夢の日々を、うすらぼんやりと想起させてくるのである。
そう、彼の瞳の、水晶体が。である。

2　結局男も女も、金と性欲なんよ。そんなもんなんよ人類なんて。

1　……売春の斡旋てことは、ウリをしている女の子がいるってことかい？

2　まあ、そうね。

1　ちゃんとその子たちは、自分で望んで、そういうことをやってるのかな？

2　さあ……いろんな人がいるんじゃん？　ただ金のためって子もいるだろうし、寂しくてって子もいるだろうし、誰かの借金の肩代わりにほぼ人身売買みたいな感じで売られた子だっているし、外国から夢を追ってきたらいつの間にかカラダ売ってた子だっているしね。

1　その子たちには会えないの？

2　あ、会いたいの？　そういう感じ？

1　勘違いしてもらっちゃ困る僕は心に決めた人がいるんだ。ただ僕は、僕は……。

2　（すこしがっかりしている）ヤリたいんだ？

1　ちがう！　勘違いしてもらっちゃ困るって二回も言わせるない！　僕はね、僕は、

2　俺は耳を疑ったね。穴ちゃんはあの時、すこしだけ恥ずかしそうに俯きながら、こう言った。

1　僕は人を救いたいんだ……それって恥ずかしいことかな？

2　さあ……どうかな。笑えることではあると思うけど。

1　なんなら百三一くん、君のことだって救いたいんだよ……これって、恥ずかしいことかな？

2　いやあ、わかんないけど……何から俺を救うのよ？

1　なにって、この散々な人生からだよ。

2　俺の人生が散々だって言いたいわけ？

1　さっき自分でも言ってたじゃない？　こんな歳にもなってマッチングアプリのサクラなんて未来ないって。

2　まあ、そうねえ。

1　上昇志向みたいなのないの？　やったろうみたいな。もっとよくなろうみたいな。

2　あー、じゃあそれ目指してたらいまここなんで、最初から上と下間違えてたのかもしんないねえ。俺らみたいなのは、スタートラインが間違ってるていう。で走り出したら帰り道わからなくなって、天国目指していたのに地獄についちゃって。でもまあしょうがないかみたいな。地獄に居座るかっつて。そういう感じじゃん俺らって結局。

1　だから、ら、をつけないでって。

2　ああそうか、ごめん。そうだね。君のがずっと立派だもんな。や、これ嫌味とかじゃなくてほんとに。俺のら、に巻き込んじゃってごめん。忙しいのに。ああそうそう。これ返す（金を渡す）。君は俺じゃないし、俺も君じゃないし。ら、でもないし。ごめんね。（行ってしまう）

1　……あー違う違うごめんごめん。ら、だよ。僕もら、だから、君のら、だよ。てか君のら、にしてよ。ら、になろうよ?

2　……ゲーム……やる人?

1　好き。でも物語があるほうが好きかな。

2　『ラスト・オブ・アス』とか?

1　え、ラスアス超好き。2（ツー）の発売2019年の年末とかだっけ?　待ち遠しいよねえ。ぼくちんゲームで泣いたの『マザー2』以来だったや。

2　ああ『マザー2』いいよね。それ、ら、だ。え、じゃあ携帯でゲームする派？

1　んー、正直電車の中とかで暇つぶしにパズルやっている人は軽蔑しちゃうなあ。

2　ああそれもら、だ。

1　ちょっと決定的なこと聞いていいかな百三一くん。

2　なに？

1　君はいじめっ子派？　いじめられっ子派？　それとも傍観者派？

2　……不登校派。

1　（興奮して）それはら、だ。らだよ百三一くん。

2　てか酒飲まない？　あ禁酒中なんだっけ？

1　いや、うーん。レモンサワーなら、ジュースと同じだから大丈夫。

2　なんだよ割とら、じゃん。／かくして俺と穴ちゃんはら、になった。２０１８年の夏だったと思う。

1　イエス。２０１８年夏、穴蔵の腐ったバナナは百三一桜に愛読書レイモンド・チャンドラーの『プレイバック』を読ませることから教育をスタートさせた。すなわちフィリップ・マーロウとはなんぞや、ハードボイルドとはなんぞや、至言・

2

優しくなけりゃ生きる資格なし、とはなんぞや。そう、百三一くん、我々の向上心は優しさでアップデートされるべきなのだ。そして優しさの先に、救いがある。労働だよ、百三一くん。人を救う労働だ。

手始めに俺らは、悪役を探すことからはじめた。ツンツンに蔓延(はびこ)る悪質なサクラの正体を暴き、その根本から救うのだと。そうすればツンツンはもっと健全なアプリになるし、サクラたちは俺のように改心できるはずだと、穴ちゃんは言った。そして俺が斡旋していた女の子たちを皮切りに、手当たり次第情報収集をしていった。

俺は正直、いつかやばいことになるんじゃないかと思っていた。でも、そんな予感よりも全然、俺は隣にらがいることの興奮に、酔っ払っていたんだと思う。

3

3が現れベッドの上で語り始める。
1と2は秋服に着替える。

3

2018年　秋

その日が土曜日の夜だってことだけ覚えているのは私たちは土曜日の夜に会っていたから。とにかく土曜日の夜、ミツオは拳銃を持っていた。私は最初それをおもちゃだと思ってすごいねなんて言って、立派だねなんて言っていたら、彼が持ってみるかと言うので持ってみた。……昔実家の居間に飾ってあったコケシとだいたい重さおんなじくらいで、コケシよりはるかにちいさいんだけどその拳銃は、中身けっこういっぱい詰まってんだな、ネジとかバネとか鉄とかいろいろ詰まってんだな、わたし彼に銃口向けてバキューンて言ってみた。そしたら彼顔青ざめておいそれ本物だよって言った。今度は私が顔青ざめて絶句していると彼、急に手をこんな風（撃たれた、みたいなポーズ）にしてこう言った。ギャラガーって。ギャラガー。それで私がきょとんとしてると今度は顔真っ赤にして言い直して、ノエル・ギャラガーって叫んだ。ノエル・ギャラガー？　オアシスの？　って私言った。そしたら彼すっごく恥ずかしそうだった。それで言わなきゃよかったって言って、拳銃をポケットにしまった……。

1　んー、どうして彼は、ノエル・ギャラガーって言ったんだろう？

3　さあ、おもしろいと思ったんじゃない？　ギャラガーって言うのが。ギャー、じゃなくて。

1　んーなにがおもしろいんだろう？　彼はなんだろう、若い人がやりがちなほら、世の中のいろんなものを見下してクサして、自分の優位性を誇示するみたいな、田舎あがりの都心の大学生にありがちなマインドでもって伝説的ロックバンド、オアシスのギタリストを馬鹿にしたっていう、そういうことなんだろうか？

3　さあ。たしかに彼は自分と私以外たいていの人のこと見下して馬鹿にしてたけど、そんなもんじゃない？　男って、女の前でさ。

1　イエス。それがかっこいいと思ってんだよ。

3　ダサいよねえ。ガキっていうかさ。

1　……ノエル・ギャラガーよりもかっこ悪いのに、ノエル・ギャラガーを馬鹿にするなんて、イギリスじゃ死刑だよ。

3　えっそうなの？　そんな法律があるの？

2　いやないけどねそんな法律。

3　なんだ。あったら面白かったのに。

2　夕暮れなかば夜に足かけて小一時間、都内のラブホテルの一室で穴ちゃんはオアシスの話とロックンロールはもう死んだのだろうかという話を女にしていた。俺は思っていた。その話もうよくない？　もっとほかに聞くべきことがあるだろうと。ロックの話よりそっちが重要じゃないかと。／あの、レナちゃんさん、ミツオのこともっと詳しく聞かせて欲しいんだけど。

3　えてかさ。これなに？　3Pの案件じゃないの？

1　騙してごめんて感じなんだけど3Pの案件じゃないんだな。僕らミツオを捜してね、いろいろ女の子に情報聞いてくうちにレナちゃんさんに辿りついたのね。ミツオの彼女だって聞いたから。

3　私もうミツオとは切れてるよ?　もうあいつと仕事もしてないし、あいつがどこにいるのかも知らないし。もう死んでんじゃないかな。死んでればいいんだよあんな奴。そうだよ。ノエル・ギャラガーを馬鹿にした罪で死刑になればいい。

1　だからその法律は。

2　拳銃っていうのは、ミツオはどこで手に入れたんだろう?

3　さあね。護身用だって言ってたよ。やらかしたって言ってた。いまあいつが音信不通ってことは殺されたか、パクられたってことじゃないどうせ。

1　レナちゃんさんはどうしてミツオと別れたの?

3　あのさあ、ズケズケと……あんたら何者?　まずそこでしょう?

1　申し遅れました……僕たちこういうものです。（得意げに名刺を渡す）

3　……へええ。ほんとにいるんだね探偵って。フィクションかと思った。

1　ふふ、僕がシャーロック・ホームズで彼がワトソンくん。あるいは僕がフィリップ・

3　マーロウで彼が猫。

1　へえ。ドン・キホーテとサンチョ・パンサって感じだけど。

3　だ、誰が安さ爆発じゃい誰がサンチュ大盛りじゃあい。

2　(2に) ねえこの人大丈夫? だいぶキテるみたいだけど。

3　自分の知らないこと言われると怒るんだ。
へええ、『ドン・キホーテ』読んだことないんだ? 激安スーパーのことだと思ってるんだ? サンチョ・パンサのことサンチュ大盛りって言ってたもんね? サンチュって焼肉のレタスみたいなやつでしょう? ウケるね。高卒でしょどうせ?

1　ドン・キホーテくらい知ってら馬鹿野郎。学歴のこと言う? それ言うんだ? それ言っちゃうんだ? じゃあ教えてやるよ僕ちんはな、百三一くんにもはじめて言うぞこれ。いいか一回しか言わないからな。僕ちんはな、青山学院大学経営学部中退じゃあい!

3　中退じゃほぼほぼ高卒だ。私、早稲田。申し訳ないけど文学部中退なんで知識ひけらかしちゃったみたい。

1　ああやだやだ。学歴学歴。百三一くんがかわいそうじゃないか。そうやって大学中退のくせして偉そうにして。百三一くんは中卒だぞ？　中卒だって頑張ってんだ。ね？

2　や、俺、明治大学法学部……中退。

1　う、うーん問題はだ。法学部にいた彼が法を犯し、文学に目覚めた君がカラダを売り、僕ちんはといえば前科一犯のアルコール中毒、それぞれ、わりかし約束された未来を投げ打って、夢を失い、日本社会の闇の前衛でしっかりとクズ人間を満喫しているということだわな。

3　やめてよ。一緒にしないで。私、現状に満足してっから。好きに生きてるだけだから。あんたたちとは違うから。自分にも満足してるし、世界にも満足してっから。大学なんかどいつもこいつも馬鹿だからやめたの。セックスが好きでやってんの。大好きなことして金稼いでんじゃん。憐（あわ）れんだ目で見んなよ。最高に人生満喫してっから。くすぶった人生を社会のせいにしてるお前らみたいな虫けらと同じ空間にいるだけで吐き気するわ。げー。げーげー。（手を差し出す）

1　なに？　お金は最初にあげたじゃない？

3　1　2　1　3

いち罵倒1000円。

いやいや頼んでない頼んでないそんなオプション頼んでない！

（ありったけの自分の金を取り出して3に渡す）お願いします。

百三一くん……。

（2を見て少し考えて）面長馬面（おもながうまづら）の、自分では何にもできないデクのぼう。酸素の無駄なんだよ。お前一人が放出する二酸化炭素で地球の温暖化進むんだよ息すんなよ。息止めろよほら。罵（のの）られて興奮してお前さっきよりずっと生きた目してるよ。ド変態だなあ？　お前が変態でクソ野郎だからみんなお前から離れてったんだろ。どうせ親にも見放されてんだろ。明大の法学部行くぐらいだから親は金持ちだな？　でエリートだな？　なのにお前が落ちこぼれたから見放されていじけてグレてんだろ？　ありきたりなんだよおめえの人生（足で2の股間を踏む）。気持ち悪いんだよ勃起してんじゃねえよ。お前は動物以下でそれ以上になろうとしてること自体おこがましいんだよ。せいぜい動物とどっこいと思え。お前の命はこのホテルのゴミ捨て場で残飯食い荒らすネズミやカラスやゴキブリと等価なんだよ。以上。

2　（泣いている）

1　ひどいじゃないか僕の友達に。

2　ありがとうございます……。

1　百三一くん……。

3　見りゃわかるよあんたみたいなタイプ。親に怒られずに急に見放されちゃったもんだから愛情拗（こじ）らせて上手く人に甘えられなくて他人に罵倒されてようやく生きてるリアリティ感じてるような、そんなタイプでしょう？

2　はい、そんなタイプです……。

3　あんたみたいなお客さんよくいるわ。そこの胃弱（いじゃく）はどうする？（1に手を差し出す）

1　胃弱？　胃が弱いと書いて胃弱？　ファックファック僕ちんは胃弱じゃないぞ！僕ちんはな、いいか、朝から天下一品のこってりラーメン二杯はいける男だ！そんな男を君は胃弱と呼ぶか⁉

3　え？　すごい！　朝からそんなにこってりラーメンモリモリ食べれるの⁉　えーすごいー！　男らしい！　かっこいい！

1　え？　へへ。か、かっこよくなんかないよ。

3　あんたはあれだね。典型的な男尊女卑タイプだわ。付き合った当初は優しいけどだんだん女を所有物だと思ってくタイプだ。結婚したら相手は地獄。ハラスメント気質だね。

1　うおおい！　この数分のやりとりで僕ちんの何がわかるってんだ。最初から最後まで優しくする！　心に決めた人のことは一生大事にするんだ！

3　でもそれは相手が自分よりも弱い人間だと思ってるからでしょう？　自分よりも弱いから優しくするんだ。

1　優しくするって言ってもそう言われるし、もう、どうしたらいいの……？（泣く）

3　どうしてミツオを捜してるかわからないけど、やめといたほうがいいよ。ボコボコにされちゃうよあんたらみたいな帰宅部キャプテンて感じの人間は。目が覚めたら知らないベッドの上で体切り刻まれて臓器売られててさ、あとあと自分たちの無邪気な好奇心をオバケになってから後悔するのがオチだよ。

1　……わかったよレナちゃんさん、白状する。僕は、ただ人を救いたい、それだけ。ミツオの商売の道具にされてる人たちも、もっと言えば元締めのミツオのことも、助けてあげたい。それだけなんだけど、それって恥ずかしいことかな？　なんな

3

らレナちゃんさんのことだって救いたい、でもやっぱそういうのって、おこがましいよね？　レナちゃんさんにたどり着くまでにもいろんな女の子に会った。救いたいって言ったらみんな気持ち悪がって鼻で笑ってキモいって言った。さすがの僕ちんだって自分がキモい奴だって自覚くらいあるさ……。キモい人間が誰かを救おうとか、人のためになにかしようとか、そういうの、やっぱし間違ってるのかな？

間違ってるとか合ってるとかっていうか、人に助けられたいとか救われたいなんて私全然思わないから、正直、あんたらがやっていること厚かましくておこがましくてしかも３Ｐの肩透かし食らわされてただただ結構むかつくよ。愚かで、他人との距離感がわかってなくて、時代錯誤。シャーロック・ホームズに憧れて？　探偵開業して？　まさに騎士道物語に憧れたドン・キホーテの狂気を地でいってるよ。相応の覚悟でファンタジーの世界に生きるってんならそれもよし。でも人を救うとかそんな綺麗事言ってるわりに自分救えてんの？　自分の心を救えてんの？　私はファンタジーじゃなくて現実を生きてんの。救うとか言って中途半端に私の人生に片足突っ込まないで欲しいんだけど？　もっと言えばミツオにも、

1　ミツオの商売道具たちにもだよ。あんたらが波風立てたせいで転覆するかもしれない人生を現実的に想像してほしいよ。別にあんたらのことキモいとは思わないし言わないよ……なんならあんたらはピュアなのかもしれない。それは認めてもいい。でも、あんたらが目指しているもの、突っ込んでいこうとしてるものが風車かもしれないってことはわかっておいたほうがいいと思う。あるいはあんたらに突っ込まれた風車の気持ちをね。（間。急に業務的になって）時間なので行きます。またなんかあったら連絡ください。二回目は割引きくので。（去る）

……百三一くん……さっき彼女が言ったあんたらのらは、僕だけのものだから君は気にする必要ないよ……や、べつに君が変態的な情欲であの言葉を受け止めてるってんならそれでもいいけどさ……いやあしかしなんだか……お酒が必要だよ……飲まなきゃ。

2　いいの？　禁酒は。

1　どうせ無理無理。禁酒なんかする意味ないよ。酒飲んだって僕はキモいし、禁酒したってキモいしさ、どっちにせよキモいなら飲んだほうがまし。

2　いいの？　アリサさんとの誓いは？

1 アリサさんだってさ、もうだいぶ断酒会来てないもん。アリサの残り香なき世界に誓いなんか無意味無意味。救い？　自分の心も救えないのに？　くだらん。世界はくだらんよ、百三一くん。

2 穴ちゃんはこの日新宿のひとつの横丁にあるすべてのアルコールを飲み干した。少なくともそれぐらい飲んでいるように俺には見えた。帰り道歪(ゆが)む月夜に千鳥足(ちどりあし)で肩を組んで帰った。そして二人して路上の縁石につまずいて車道に転げて、何年も何年も俺の頭から離れない呪いの言葉を穴ちゃんは発した。

1 ……死にたいなあ。

2 穴ちゃんのその願いは、２０２０年９月３０日午後４時２１分に神様が叶えてしまうことになる。

2020年9月30日午後4時21分

4

3が現れる。
入れ替わりで1と2、退場。

3

でも、2020年9月30日午後4時21分が来る前に私が、なぜ私たち、になったのかってことを私はしっかり言語化しておかなければならないと思う。そうしないとなんだか、このお話の中であまりにも私は添え物で、まるで作者や物語の都合で生み出された悪役のような気がしてしまうし、現に、さっきのシーンを見て、なんだか胸糞悪い女だって思った人はいただろうね。あるいはこんなに胸糞悪い女はこの世界日本国に存在しないって思った人もいるかもしれないね。……私という人間を何らかのメタファーだと思ってる？　もしそうだとしたら私から言えることはひとつ、私は、そう、思わせた、あえて、ということ。つまりあの時の私があの空間で発したすべての言葉たちは、エンタメであったということ。あの時私は彼らがファンタジーに生きているとなじった。そして私は現実を生きていると高らかに宣言した。でもそんなのって大嘘で、私が現実にあそこにいて、そしてここにいるという自覚すら私にはこれっぽっちもない。私はファンタジーであり、メタファーであり、あやふやな存在としてここにいる。だって私という存在を認識していない地球の裏側にいるどこそこの村のAさんという人にとって私は存在していると言える？　私は彼らにとって人間という総体の中に、世界という総体の中に、日本という総体の中に、いる、かもしれない女、という程度以上の存在になれないわけ、肉体的なコンタクトがない限り。つまりそれってどういうことかわかる？　それはね、私は、ここに、存在している、けれど、誰かにとっては、存在していない。ということになるわけ。存在のハーフ・アンド・ハーフなわけ。存在しているけど存在していないってどういうこと？　この状態を適切に表す言葉としてファンタジー以外の言葉が私には思い浮かばないの。私の存在はファンタジーだし、穴蔵の腐ったバナナもファンタジーで、百三一桜もファンタジー。

いま、渋谷のスクランブル交差点で信号待ちしているだろう人たちも、浅草寺で煙を扇いでいるだろう旅人も、みんなみんな、一律に、ファンタジー。そう、だから、穴蔵の腐ったバナナというふざけた偽名の皮を剝いて、本名をあらわにして実体を暴こうなんて空虚なことを私たちはしない。私たちはファンタジーでいい。メタファーでいい。フィクションでいい。だってそのほうがずっと夢を見れるから。

TSUN-TSUN

昨日はどうもありがとうございました
もしも次お会いすることがあれば
罵倒もろもろ込みで諭吉2枚でかまいません
もし私にうんざりしてなければ
ひとりで会いに来て欲しいです（本心）

TSUN-TSUN

RE:

こちらこそ、昨日はありがとうございました
　ぜひまたお会いしたいです

というかずっとあなたのことが頭から離れません
　キモかったらごめんなさい

RE:

だからキモいとか思ってないってば www

＊＊＊＊＊

2018年　冬

3、冬服に着替える。同じく冬服を着た2が現れる。

2　……ども……。
3　どーも。遅いよ。
2　え、ごめん。でも5分前……。
3　ちがうよ。また会おうって言ってから会うまで。
2　あ、ごめん忙しくて。あ、そうだ先にお金。（お金を差し出す）
3　（それを無視して）お腹減ったー。なんか食べようよ。
2　ああ、うん……。なんだっけプロフィール、ツンツンの。タイ料理だっけ？　好きなの。
3　ああ、違う違うあれ演出。タイ料理好きな女とか男大好きじゃん？
2　そうかあ？
3　そうだよ。タイ料理好きって言えばなんかほどよく美容に気をつけてます感でるっしょ？　釣れるんだタイ料理は。

2　そう、かあ？　え、じゃあ何食べたいの？
3　決まってんじゃん焼肉だよ焼肉。ビールと焼肉。
2　ああ、いいね。それ。今世紀最高のあれだ。
3　あのさ、私めんどくさいの嫌いだから単刀直入に聞いていい？
2　いいよ。単刀直入な人には免疫あるから。
3　ご飯食べたあとさ……するじゃん？
2　え、あ。
3　もし相性よかったらさ、マッチング成立ってことでいい？
2　えっ？　それって付き合うってこと？
3　相性よかったらね。
2　えと、それ、なんか、すごいプレッシャーだな。
3　まあお互いさまだけどね。
2　……レナちゃんさん。
3　ん？
2　いわゆる源氏名（げんじな）？　レナちゃんっていうのは。

3 ああうんそうそう。

2 じゃあレナちゃん、までだと呼び捨てだ？

3 そうそう。

2 レナちゃんちゃんみたいな。

3 いいねレナちゃんちゃんて。自分は百三一桜でしょう？　本名？

2 まさか。穴ちゃんがつけたんだよ。穴ちゃんてわかる？

3 わかるよ。あの救いたい人でしょう？

2 そうそう救いたい人。あの人のツンツンに嫌がらせで131回サクラのメッセージ送ったらそういう名前になった。

3 わらだねそれ。わら。

2 わらっしょ。おかしくない？　いまやマブだからね。一緒に会社までつくって。

3 マッチングしたってことじゃん。

2 はははたしかに。

3 ………まだミツオのこと捜してんの？

2 や、それより他の仕事入っちゃって。

3　どういうの？　どういうことするの探偵って。
2　浮気調査したり、家出した人捜したり、いろいろあるよ。
3　ふーん。地味だ。
2　地味だよ地味地味。でも穴ちゃんクライアントに説教したりするからさ、地味なことしてるはずなのになんか毎回派手なんだよね。
3　どういう説教するの？
2　なんかね、例えば婚約者の家柄調査してほしいみたいな依頼があって、
3　うん。
2　でまあ結果新興宗教に入ってたってことがわかったりしたわけね。相手の家が。
3　あー。
2　あじゃあだめだって、絶対無理だみたいなクライアントが言い出して、そんで穴ちゃんブチギレ。そういう込み入った話を付き合ってる段階でできない関係性って愛でもなんでもないみたいなことを言うのよ。
3　愛って。(笑)
2　正論ちゃ正論なんだけど、結局探偵なんか使って解決しようとするなみたいな

文脈のこと言ってるんだよね。身も蓋（ふた）もないというか。

２３

楽しそうじゃん。

まあ、でもまあしんどいけどね。尻拭（しりぬぐ）い担当だからさ。でもなんてんだろ、
思ったんだけどサクラやってた時の労力とトントンちゃトントンなんだよねえ。
なんだよ最初から真面目にやっときゃよかったって。いまさらだけど。

２３

へえ……いいなあ。

……ああ、そうだ、読んだよ『ドン・キホーテ』。簡易版みたいなやつだったけど。
なるほどね、レナちゃんさんが言ってた意味わかったよ。たしかに俺らも、俺らっ
てか主には穴ちゃんだけど、時代にフィットしてない感あるわ。でもあれってさ、
思うけど超幸せなことだよね？　夢の中にいられるってことはさ、はたから見たら
狂気なのかもしれないけど、いくら他人が現実つきつけても一向に覚めない夢の中
にいるんならさ、もうそれでいいじゃんて思うよね。本人たちが楽しんでるなら。
だからあんなに夢見心地のドン・キホーテがさ、最後目が覚めちゃうのほんと
ガッカリていうか。むしろ夢の中で死なせてあげたかったなあって、ぶっちゃけ
ちょっと悔しくて泣いたからね俺。はは。

3　……ちゃんちゃんでいいよ私のこと。

2　え？

3　呼び方。

2　え、ああ。じゃあ、ちゃんちゃん。

3　あ、そっち？

2　え、なにが？

3　いや、レナが消失したから。

2　ああ、じゃあレナちゃんちゃん。

3　や、いいよ。ちゃんちゃんで。なんかその響き好き。

2　……あ、ちゃんちゃん焼肉屋発見。焼肉万歳。だって。どう？

3　どこ？

2　（やや遠くを指差して）あそこ。

3　評価いくつかな？　星。私4以下だったら行かなーい。

2　（携帯をとりだして覗く）お、4・3だ。

3　ツンツングルメ？

2　そうそう。

3　ツングルは評価甘めだからなあ。

2　わかる。てかツングルマッチって機能知ってる？

3　なにそれ？

2　え、なんかだから、ツンツンのプロフィールとか検索履歴とかの傾向からそのお店と自分との相性みたいなのが事前にわかるのよ。

3　へえ。絶対外したくない人向け？

2　そうそう。やる？

3　や、外れたら外れたでエンタメじゃん？　外れる楽しみみたいなのを奪うよねそういう機能。星4・3だあって期待して食べてやっぱ自分には合わねえなって、その一連が楽しいのに。

2　我々は短い協議の末、焼肉万歳に入店した。俺は正直バンザイってほどにないにしろまあまあ美味しく肉を食べた。ところがレナちゃんさん改めちゃんちゃんは終始不機嫌に時たま肉を咀嚼するたび首を傾げたりため息をついたりするのでこちらを非常に不安にさせた。会計は俺が払うつもりでいたらちゃんちゃんは

3　半額を俺に握らせた。私はおごられるのが当然の女にはなりたくないと言った。
（店のほうに向かって）まずー!!　なにがバンザイだよ。不味すぎてバンザイできねえ！

肉へのリスペクトはないのか！

2　ははは、聞こえるよ。／そして我々は世界中の多くのカップルが焼肉を食べたあと
そうするように、この夜セックスをした。彼女のカラダに俺は何度も射精して、
彼女は俺のカラダに爪を立てて一度だけ達した。これが成績としてどうなのか、
ちょっと俺にはよくわからなかった。相性と言われてもわからない。俺は彼女に
とっての星4以上になれたのかわからない。とにかく我々はお互いに競技場を
全力で疾走したくらいに疲れ果てて天井を見上げていた。（二人して天井を見上げる）

3　……成立？

2　成立だよ。俺は全然。……成立？

3　……成立。／それで私たちになった。2018年の年末だった。

5

2019年　夏

深夜。2と3が夏服に着替えベッドに横たわる。じゃれ合っているのか、本気で殺し合おうとしているのか、お互いの首を絞め合う。お互いをベッドに叩きつけては、馬乗りになって首を締める。しまいに3が2に手錠をし、ベッドに固定する。そして顔に枕を押し当て窒息させようとしている。窒息するすんでのところで、2が足でタップする。

どうやら彼ら独特の性行為を愉しんでいるのだということがわかってくる。この行為の最中、ラジオから次の音声が聞こえている。

「九州南部を中心に降り始めた記録的な大雨の影響により各地に被害が出ています。この雨は明日の夕方頃にかけて続く見込みで、ひきつづき雷を伴った局地的な大雨に注意してください。河川付近にお住まいの方は各自治体の指示に従い行動してください。また、土砂災害の恐れがある地域にお住まいの方はただちに安全を確保してください。この雨により土砂が住宅に流入し死者一名、陥没した道路に車両が転落するなどして四名が重軽傷を負いました。住宅被害は全壊七棟、半壊四棟のほか二八〇棟の浸水被害が出ています。なお、大気の乱れにより関東地方にお住まいの方も明日の夕方にかけて急激な大雨に注意してください。つづいて（急に1の声になる）おーい百三一くん。たすけてくれー。おーい。」

2 （飛び起きる。手錠がまだベッドに固定されているので3に）携帯、携帯とって。

3 （携帯を見つけ、2に画面をむける）

2 穴ちゃん。え、ビデオ通話？（咄嗟に身を隠す）

以降、スクリーンに1の姿。

映像の中継。1は薄暗い部屋で椅子にロープでぐるぐる巻きに固定されている。猿ぐつわを首にたらし、争った後のように服がはだけている。

1　やっほ。

2　え？　なに？　どうしたの⁉

1　ふふ。囚われの身。ごめんね。寝てた？

2　や、寝てないけど。（3に「手錠外して」の目配せ）

1　あれ、レナちゃんさんと一緒？　ああそりゃそうか、同棲してるんだもんね。
ごめんねレナちゃんさん起こして。

3　起きてたから大丈夫。何があったの？（なかなか手錠が外れない）

1　ちょっと下手こいちゃってね。あ、まさかそういうプレイだと思ってる？　やめてよプレイで縛られたりしないよ。さすがにそこまでアブノーマルじゃないさ。

2　まあいろんな欲望の満たし方があるよね。

1　まあね。多様性だよね。そういう優しい目で物事を見てもさ、じゃあ極論サイコパスの暴力的な性欲も多様性として認めるのかっていうのは違うもんね。そこにはやっぱり保守的な考えも必要なんだよね。や、自由も尊重されるべきなんだけど人には規範とかブレーキが必要だよね。僕ちんで言えばそのブレーキが百三一くんだったわけだけども、ブレーキを失って単独行動しちゃったがために結果縛られてるね。覚えがあるよ。オレオレ詐欺で捕まった時もこんな感じだった。人はブレーキを失うと縛られるのかな？　縛られて初めてわかることって、あるね。わかるかな？　君は捕まったことないし、わかんないか。

2　俺だって、わかるよ。てか縛りの哲学なんていいんだよ。どうしたんだよ？（まだ手錠は外れない）

1　実はルポライター経由でとある人の情報が入ってね。その人はずいぶん前から僕ちんが捜してた人で、まあ金にはならないんだけども正義にはなるというかね。ほら、金か正義か天秤にかけたとき正義を取りがちじゃない？　穴蔵の腐ったバナナ２０１９年リミテッドエディションとしてはさ、ライナーノーツに正義の二文字が刻まれてるよね。やあしかしライナーノーツの文化ってデータ音楽の時代にきて無くなりかけてるよね？　データ音楽って便利な反面ライナーノーツが。

2　ライナーノーツの話はいいから！　どういうことなの？（3の努力もむなしくまだ手錠は外れない）

1　（カメラの向こうの存在を覗(うかが)っている）んと、だからそのルポライターのタレコミをもとにその人を探し当てて尾行してみたんだな。渋谷からはじまって竹下通りすぎて表参道をすぎて青山霊園まで、だいぶ歩くんだよ。青山霊園にくるのにどうして竹下通りから表参道に行くかなそれ遠回りだろって思った矢先恥ずかしながら失尾（しっぴ）しちゃってね。もう辺り暗くなってなんてったって霊園だしさ、もう怖くなって帰ろうって思ったらさ急に暗黒。目隠しされたのね。うあなんだなんだって思ったら機械の声でシズカニシロって言うわけ。シズカニシロって。うあー宇宙人だーって思ったよ。急いで手探りでマイスタンガンを取り出したら奪われちゃってね。ツイテコイって、わあー宇宙人にさらわれるーって。で、今に至るんだよね。

2　んと……じゃあ、いま穴ちゃんは、宇宙にいるわけだ。

1　まあ、地球も宇宙の一部であるという意味では、宇宙にいるよね。

2　じゃあ、地球にいるんだ。（ようやく手錠が外れる）！

1　うん……。

2　穴ちゃんらしくないよ。単刀直入に言ってよ。わかんないよ。

1　じゃあ言うぞ。いいかい百二一くん、心して聞きたまえ！　情報過多かもしれないぞう？　だいぶ説明台詞だぞう？　いいかい。いくよ。ミツオを追いかけてたらミツオに捕まってたぶんミツオの家にいる。目の前にミツオがいる。ミツオは喉元に深い傷がありそれが声帯を傷つけたため声が出ないのか、携帯の読み上げ機能で僕ちんとコミュニケーションをとっている。ミツオが僕ちんの家族か友人か誰でもいいから自分にとって大事な人にビデオ通話をしろと言う。そりゃアリサさんの顔が浮かんだけども奥手な僕ちんは第二候補の百三一くんにしょうがないから連絡する。そしてした。君が出た。僕がいる。空の青。風が運ぶ緑。行手に炎。それでは聞いてください。ピンク・フロイドで「あなたがここにいてほしい」。

2

いいんだよプログレッシブ・ロックは！　夜中にプログレッシブ・ロック流すディスク・ジョッキーがいますか⁉　まあ「ラジオ深夜便」ならやりかねない。ってそういうことじゃないぞ！　怒るぞさすがの俺だって！　ミツオを出せミツオを！

213

急に音信不通になったきりこんなことして、なにこれ私への当て付け？
ごめんねえレナちゃんさんと僕ちんはまだちょっとわだかまりがねえ。
穴ちゃんのことじゃないから。

3　いるんでしょ？　ミツオ。

4の携帯の読み上げアプリから音声が聞こえる（4の姿はまだ見えない）。

4　なに？　君のこと知らん

3　ほんとふざけてるよなお前。あんたはビョーキ。異常だわ。

4　知ってる　俺は病気　だから？

2　えっとさ。あんたダサいよ。こんなことしたって彼女、あんたの元に戻ることないから。あのさ、諦めつかないみたいだから正直に話すけどさ、俺彼女と婚約してっから。

1　えっ!?

2　来年の春に結婚する予定なんで俺ら。

1　えー!?

2　ごめん穴ちゃんこんなタイミングで。

1　う、う、裏切り者ーっ！　ちくしょー！

4　おめでとう　よかったね

3　軽蔑してる？　あんたが一番蔑(さげす)んでたもんね。日本の結婚制度。

4　なんで？　俺は　祝福してるのに

　　俺は　君たちが　考えているような目的で　こうしているんじゃない

3　あのさあじゃあなんなの？

4　もう後戻りはできない　その時がきてしまったら　さかのぼることができない

2　は？

3　なに？

4　俺たちは　その時をむかえてしまう　一人の人間が　この世から消え去る時を

2　なに？　ポエムだったらツンツンに書けよ。

4　2020年9月30日　彼の肉体はこの世から消える

1　え？

4　そう　死ぬということ

1　んん？

4　死んで土に　還るということ

1　なぬう？

2　いやいやいやあのさ、全然わかんない全然わかんない。なにこれ殺害予告？

1　殺しはダメだよ。それは、ダメ。ミツオ氏、さすがの僕ちんでもそれはドン引き。ダメ。ミツオ。殺し。ダメ。ミツオ。ダメ。

4　うるさいなあ

4が携帯を持ちながらカメラの前に現れる。まず1に猿ぐつわをはめる（はめられるまでの間、1は「ミツオ、ダメだぞ」などと言う）。そして4はこちらを振り向く。たしかに喉元に深い傷がある。3がその顔を凝視する。その場で再び4は文字を入力する。

4　ミツオって誰？

3　なんなの？　バカにしてんの？

4　俺はやっぱり　ミツオ　って人なの？

2　限りなく俺らが知ってるミツオの顔してるよあんたは。

3　ねえこれはなんなの？

4　そっかじゃあ　その人のことはもう忘れて　俺は　新ミツオ　ってことにして

3　あのさああ!!　都合良すぎんだよ！　またそうやって自分のしたことなかったことにしやがってふざけんなよ！　あんたがいなくなってからゴローさんのナインの世話全部私がやってたんだからね。

4　ミツオって人は　相当いろいろ　恨み買ってたの？
ごめん　ごめんね
許してくれ　とは言わない
ただ　もう少しだけ　俺の話を聞いて欲しい
いいかな？

2　……（続けるよう顎で促す）……早くしろよ。

4　俺は　人の　死が見える

2と3　はあ？

4　すべての人　ってわけじゃない
君たちの死は　見えない
でも彼は違う　彼の死は見える

2　なにオカルト？　スピってんのあんた？

4　わからない
　　俺には　ただ　見えるだけ

2　じゃあ教えてください。どうやって死期が見えるってんですか？

4　ただ頭の上に　日付が　見えるだけ　だよ

1　！　（頭上を見上げる）

2　（鼻で笑って）日付って。

3　結局あんたはなんなの？　ミツオなのミツオじゃないの顔が似てるだけなの？

4　俺はたぶん　君たちの言う　ミツオ　なんだと思う　よ

3　……。

4　でも　ミツオのことは　わからない　よ

3　なにどっちなの？　なにがあったの？

4　1年前　病院の　ベッドの上で　目が覚めて　気がついたら　俺がいた
　　ミツオはもう　俺のカラダには　いない　よ

3　記憶がないって言いたいわけ？

4　そうだ　よ

2　そんな話どうやって信じろってんだよ。それからその語尾のよってのやめろシンプルにむかつく。

4　去年の夏　俺のカラダは　どこそこの岬で　大金の入ったバッグを　握りしめたまま　倒れてたんだって
血まみれで　裸で　青ざめてた
たぶん　その時にミツオは　死んでしまったんじゃないかと　俺は思ってる

3　ほんとさああ。いろいろひっくり返してあとあと冗談だよとか言うんでしょ、あんたはどうせ。笑えないよほんと。

2　なんにせよ全然伝わんねえよ。ライトノベルの読みすぎだろあんた。伝わんねえんだよ！

4　そうだね　目が覚めて　たくさんの人が俺に　質問した　でも応えられない
しばらくして　病室の　向かいの人が　俺の見たのとまったく　同じ日付時刻で死んだ
これをなんとか　伝えようとしても　伝わらない

3　だろうね。

4　だから　しばらくして　伝えることを　放棄した
そのほうが　ずっと楽だった　君たちには　そういうことってない？

2　ないね。

4　ないの？　ないのですか？　ほんとうに？　ない？　ありませんか？　ないの？　？
ございませんか？

2　わかったよ！　あるよ！　ある！　伝えることを放棄する、それのが楽、ある！
ある！

4　彼が　俺を尾行してきたとき　俺は　運命だと思ったんだ
これまで　道ですれ違う人々の　たくさんの　日付が　見えてしまっても　俺は
無視してた
でも　彼には　彼にはなにか　できるかもしれない
彼の未来を　救う　ことができるかも　しれない
じゃなきゃ　俺なんかを　尾行しない
これは　彼の　魂の　救難信号　なのだと思った

2　じゃああんたは穴ちゃんを救おうとしてるわけだ？　その来年のいつだかの日が来るまで監禁して、その時間が過ぎるまで。

4　そうそれが　たったひとつの　俺の人助け

それを　知ってもらいたかったんだ俺は　彼の大事な人たちにね

2　……穴ちゃんと話したいんだけど。

4　この人うるさいから

2　穴ちゃん、うるさくしないって約束できるよね？

1　んん。んん！

2　頼むよ。マジで。俺たちその人いないとダメなんだ。

4が1の猿ぐつわを解く。

1　やっほ。

2　穴ちゃん……どう思う？

1　どうって？

2　そいつの言うこと本当だと思う？

1　百三一くん僕らの関係には本当か嘘かなんてどうだってよかったじゃないか。

2　……そうだけど……。

1　彼がミツオなのか新ミツオなのか、どっちにしたってこうして出会っちゃったんだ。出会っちゃったからには責任持って信じるさな。

3　（深いためいきをつく）

1　彼は僕ちんを救おうとしてるわけでしょ？　そして僕ちんは彼を救おうとしてるわけで。彼が僕を救うことで彼が救われるなら、喜んで僕ちんは監禁されるけどね。

2　どうすんのさ会社は。

1　そうそうそれなんだがな。新ミツオくん！　なんか言いづらいしかっこよくないね。君にも名前が必要だ。君には首にでかい傷がある。だからシンプルにクビちゃんということでどうだろうか？　どう？

4　なんでもいいよ

1　あのだなクビちゃん。僕は君にひとつ説教をしたい！　君はひとつ重大なミスをしている！　君は来年の9月に僕ちんが死ぬと言った。それはそれでまあよしとしよう。しかしだ。であるならば、だ。その日だけ僕ちんを監禁するなり拘束すればよいものの、なぜいま、つまりは2019年7月3日現在から監禁しようというのだね？　そうだろう？

4　あー　たしかに

1　まったく、君の思い描くシナリオは杜撰（ずさん）なんだよ。僕ちんがもし権威ある戯曲賞の選考委員であったとするならば君のシナリオは落選だぞう？　まったく！　ボロカス書いてやるからな選評に。でもね……それは叱咤激励のつもりなんだけどね。君やそれを読んだ若きシナリオライターの未来の。

2　戯曲賞の話いいから！　さっきからライナーノーツとかプログレとかシナリオとか、誰が得すんのそれ⁉

4　あのね　俺がこうしたのは　君たちが
俺の言うことを　信じるとも思わなかったから　だよ
君たちが　俺の話を信じるなら　俺だって　その日だけ
彼を監禁　することを約束するさ

1　だからそれでいいってば。ねえ百三一くん？　レナちゃんさんだって、もう彼がミツオからアップデートされた存在だって、認めるでしょう？

3　私のことはいいよ。誰かが傷つかないなら……。（その場を去ろうとする）

2　どこいくの？

3　散歩……。（退場）

2　……クビちゃん、だっけ。住所教えてよ。穴ちゃんのこと迎えに行くから。出会うなりぶん殴ったりなんかしないからさ。／……でも、俺は、東京都渋谷区にある彼の家に到着するまでの道すがら、コンビニでナイフを買い求めた。クビちゃんを刺すためか自衛のためかわからない。きっとその両方だったんだろう。深夜にナイフを買い求めなければならない東京の夜景をなんだか俺はとても憎んだ。結局、どこのコンビニにも俺のイメージするナイフはなくて、苦し紛れにカッターナイフを買ってポケットに忍ばせた。それで、アパートにつくなり、また一人、なすがまま、らが増えたんだ。

1と2と4が同じ空間に出揃う。

3が帰ってきた空間には2がいない。

3 …………。

（第一部終了）

第二部

6

暗闇に5の身体が浮かび上がる。ベッドの上で苦しそうにカラダをくねらせている。

5

朝、目が覚めて、昨日のお酒が身体の中に残っていない。
満たそうと手をのばしても空き瓶。
この空き瓶と同じように私のどんどん減りゆく預金残高もいつか0(ゼロ)になる。
そしてついでのように私の命も0になる。
むしろ、そうなりますようにとこんな朝思う。
夜。
もう切れることのない大量のストック。
酔っ払いこのまま安らかに目が覚めないまま、残りのアルコールの量と預金残高を

気にすることのないまま、翌朝内臓を新たなアルコールで満たすことのないまま、
目が覚めない朝をむかえたい。
……でも、朝目が覚める。ああやっぱり昨日のお酒が身体の中に残っていない。
私のアルコールは、ベッドのシーツの上に吐き出されている。
尿や汗や吐瀉物として悪臭を放っている。
この朝が、怖い。
また今日も私は、生きてしまっている。

*****

1
2017年

2017年。我が麗しのアリサさんにはじめて出会った時、ぼくちんもまたアルコールにまみれていた。だから、彼女が断酒会でもろもろの告白をするたび、て

やんでいぼくちんのほうが飲んでるやい、とわけのわからん張り合いを心の中でしていたってのも本音さ。それからこの空間に円座を組んだ誰よりもぼくちんは人生に詰んでいるし、誰よりも酒を飲んでいるし、誰よりも酒に愛されているし。なんならこのタンブラーに入れているのだってジャック ダニエルだったりして、それを水を飲んでいる風にみせるスキルだってあるのさ。（飲む）きゅぴん。はははは。生き返るぜい。そんな矢先だった。

5　船井くん……だよね？

1　えっ？

5　船井芳樹くん、だよね？　吹奏楽部の？

1　なにを言っとるか。そんな地味な名前じゃなか。吹奏楽部なんか入ってなか天下のパソコンクラブじゃい。そうぼくちんは思ったのだけれども、ときめくアリサの瞳と嬉しそうな笑顔、そして女子と喋っているという己の下心が共鳴し、なぜだか、あー！　と訳知り顔に言っている己がいたのである／あー！

5　わかった？　私私。トランペットの清水。

1　あ、あー……／あー？

5　へえぇ、変わらないねえ。でもあれだね、なんかこんなとこで会うとはね……。
　　ははは。恥ずかしいね。
1　そ、そうねー……お酒、やばくてさ。
5　自分のこと、全部話していいんだよ。そういう場所だから。無理しないで、吐き出す場所が必要なの、私たちにはきっと。
1　あ、あー。
5　みなさん。新しい仲間です。船井芳樹さんです。
1　あ、あ……／穴蔵バナナは思っていた。誰だい船井芳樹って。誰なんだいいったい。みんな見つめてくるぜい。はやく否定しなきゃ。はやく自分は穴蔵の腐ったバナナですって言わなきゃ。／あ……フナイ……ヨシキです。よろしくお願いします。
5　実はすごく偶然で、船井くんは私の中学校の頃の部活の後輩で、同じトランペットだったんです。
一同　へえ。
5　船井くんも、一緒にがんばりましょう。
1　あ、はい……。

間。

一同　（拍手）

1、みんなの視線を感じてバツが悪そうにしている。

5　じゃあ船井くん、なにか、今日、みんなの前で言いたいことはある？

1　言いたいこと……（タンブラーを飲む）禁酒に成功したらみんなでたらふくビール飲みまっしょい！　／しけた空間を和やかにと生粋のエンタメ精神でユーモアを繰り出したものの、ちっともウケない。余計に空間はしらけるばかりだった。けれど、我が麗しのアリサだけが、違った。我が麗しのアリサだけが、ぼくちんのユーモアを理解するIQを持っていた。／禁酒に成功したらみんなでたらふくビール飲みまっしょい！

5　（笑っている）

1　おもしろい？

5　おもしろい。

1

アリサは、よく笑う人だった。こんなによく笑う人が、どうしてアルコールから抜け出せないのか、一見、引く手数多の満たされたイケ女(じょ)に、アリサは見えたからだ。けれども、だ。むしろ、アリサの笑いは、おそらく、極めて自発的なもので、それはつまり、まるで、最悪な局面こそ笑うのだという底意地のようなものではないかと、穴蔵バナナに感じさせるのであった。つまり無理を、している。彼女は、無理を、している。リストバンドの奥にある生々しい手首の自傷の痕跡が、日に日に増えているのだろうことを、当時から抜群の洞察力バナナ・アイでもってキャッチしていた。つまり、バナナ・キャッチ・アイ、である。自分で言っててもよくわからんがとにかく、彼女が最悪の局面を笑うのならば、ぼくちんは最悪をもっと彼女に見せてあげたいと思うようになった。彼女を最悪で満たしたい。／えーと、ぼくは今朝絶対に成功する禁酒の方法を思いつきました。自分ではすんごい発明だと思っています。みなさん聞きたいですか？　絶対に成功する禁酒の方法。これさえすればもう飲まずに済みます。それは……いきますよ？　ドラムロール、だらだらだら、どん！　……自殺です。死んじゃえばもうお酒飲めませーん！

5　（笑わない）
1　んー最悪を狙うと最高になっちゃうんだよなあ。ちょめちょめ。

一同、片付けをはじめる。
断酒会が終わったらしい。

5　ねえ、船井くん。
1　イエス、船井です。／この呼び名も板についてきた頃でござる。
5　死にたいの？
1　え？
5　死にたいんでしょ？
1　単刀直入ですなあ。
5　……このあと予定ある？
1　まあ暇ってわけじゃあないんでね。そりゃあいろいろありますよもちろん。
5　そっか。一緒にお茶でもと思ったけど、またにするね。

1　（携帯を取り出して画面を見る）あーでもあれだ！　あー、あいつドタキャンしやがったあ。あいつう。あいつはほんとにそういうとこがあるんだよなあ。もうっ。……あの、予定空きました。

5　ほんと？　じゃあ行く？

1　イエス。／アリサは喫茶店に着くなりアイスコーヒーを注文した。いけすかない店員が今思えばいささか百三一くんに似ていたような気がするのだが、まあ別人であろう。／（メニューをひらいて悩みはじめる）んー、どうしよっかな。んー。

店員（2が演じる）またじゃあ決まったらでいいんで。（水を二つ置いて去る）

1　ねえ見ました今の店員。水どんって置きましたからね。水どんって。『東京物語』の杉村春子だってあんな置き方しませんよ。

5　ごめんね。お店変える？

1　いや、清水さんが謝る必要なかとですよ。

5　ふふ。

1　？

5　や、船井くんに清水さんて呼ばれるのなんかすごい違和感で。

1　え、なんて呼んでましたっけ。へへ、忘れちゃって。

5　思い出して。

1　んー、しみっちゃん。

5　（笑って首を振る）

1　清水エスパルス。

5　（首を振る）

1　んー、清水と書いてむしろキヨミズ。

5　（笑って首を振る）わざとー？

1　ヒントくださいヒント。／なんでもない日常を切り取るゆるふわリアリズム的なことにあんまし興味を持てないのでこのへんのやりとりは割愛させていただく。ちょきちょき。

店員　アイスコーヒーです。（アイスコーヒーを置く。そして待つ）

1　？

店員　ご注文は？

1　あ、ああ。メロンクリームソーダで。

店員　（少しバカにしたように笑う）かしこまりました。（去る）

1　見ました今の？　メロンクリームソーダって言ったら笑いましたよ？　メロンクリームソーダのなにが悪いってんですか

5　集中集中。ヒントね。下の名前。

1　……下の名前、なんでしたっけ……。

5　えー、ひどー！　船井くんそれはひどいよー！

1　ほんとごめんなさい。一昨日酔って頭ぶつけちゃって、それ以降世界がぐにゃぐにゃなんですよ。もう、ぐんにゃぐんにゃ。

5　アリサ。清水アリサでしょ。私の名前。

1　失礼しやした。アリサさん。

5　正解。

1　え？

5　船井くんは私のことを、アリサさん、と呼んでいました。よ？

1　な、なんだ。もちろん覚えてますよ。わざとですよわざと。

5　どうだかなあ。

1　トランペット、ですもんね？

5　そうそう。覚えてる？　ほら、コシザキ先生のチェット・ベイカー事件。

1　あ、あーコシザキ先生。なつかしー。

5　そうそう。前歯がねえ。覚えてる？

1　そうそうそう。前歯前歯！　前歯だよねえ。前歯前歯。

5　まあ今となっては笑い話だけど、ほんと災難だよねえ。コシザキ先生あれで停職になっていまホームレスだって噂あるよ。前歯さえあれだったらね。

1　あー。ねー。前歯がねえ。／コシザキ先生の前歯にいったいなにが起きたっていうんだい。

店員　メロンクリームソーダ。ふふ。です。

1　あのさ！　ちょっと説教させてもらうよ君！　君は僕に恨みでもあんのか？　それともメロンクリームソーダのことを恨んでるのか？　メロンクリームソーダはな、メロンクリームソーダはな……さくらんぼがおいしいんだよ！

店員　（にたにた笑っている）さくらんぼ、おいしいですよねえ。

途端、5が店員にグラスの水をぶっかける。

間。

5、立ち上がる。

5　出よ？　船井くん。

1　あ、はい。／アリサさんは喫茶店を出るなり僕ちんに謝った。ごめんねいらっとしちゃってほんとにごめんね。と何度も何度も謝るのである。僕ちんは実にあっぱれな女性がいるものだと非常に感心していた。あっぱれという言葉はアリサのためにあるのだと、荒川を横切る橋の欄干で西陽に照る美しいアリサの横顔を見つめながら穴蔵バナナは思っていた。この人が好きだ。

5　私ね、ああいう人に出会うと人間やめたくなるの。

1　えっ？

5　思っちゃうんだよねえ。

1　まあ、所詮若造ですし、彼はきっとあれで目が覚めましたよ。時間かけて良い奴になっていきますよきっと。

5 優しいんだね船井くんて。だからだよ。

1 え、だから、とは？

5 優し過ぎるからだよ。死にたくなるの。

1 やや、まだ死にたいとは申しておりませんが。

5 だって今日のセッションで言ってたじゃない。

1 ……ああ最強の禁酒のメソッドについてですかね？

5 うん。

1 あれはちょっと暴走でしたね。我ながら、ちょめでした。（欄干から石を投げる）

声 いて！　誰だ今、上から石投げたの！

1 わわ。（身を隠す）

5 （同じく身を隠す）もうなんで橋の上から石投げちゃうかなあ。（笑う）

1 ああアリサ。アリサ。アリサはどうしてアリサなんだろう。（2と4が登場）そしてすべてがどうしてアリサでないのだろう。この吸いこむ空気だってアリサでいいし、吐き出す息だってアリサでいいし、目に映る端から端までアリサでいいはずなのに、ここにいるアリサだけがたったひとつのアリサなのだ。すなわち、我が脳内の残像の中にいるアリサだけがアリサ……。（5が退場）我が生涯に一片の悔いがあるとするならば、こうしていまアリサの実像を拝めていない事実にほかあるまい。

ご静聴ありがとうございました。

4、拍手。

2　……え、これが……これが、新しい業務のプレゼン？

1　そういうことになるね。

7

2019年　冬

2　いやいや、思い出話でしょう。

4　（以降すべての彼のコミュニケーションは携帯の読み上げ機能によって行われる。彼が何かを入力しようとするたびタイムラグが生じるが、他のものはそれを待つ）それは失礼だ
思い出は宝だ

1　クビちゃんありがとう。クビちゃんは思い出ゼロ人間だもんね。恋の思い出もなく生きていられるなんて君は強いよ。ストロング・思い出ゼロ人間だよ。多少の甘酸っぱい思い出があればダブルレモン味にしてもよかったけどないからストロング・思い出ゼロ人間・ドライ味だよ。

4　名誉なことですか？

1　名誉名誉。百三一くんなんか甘すぎてカルアミルク味なんだから。紹興酒（しょうこうしゅ）ほどの酸味もない恋愛決め込んじゃってんだから。いやまてよ、クビちゃんと百三一くんはある意味で同じ女性をということは同じリキュールの、

2　あのさ！　それ以上デリカシーないこと言うなら俺も辞（や）めるから。

1　辞めるって何を？

2　この子供じみた日々をだよ。

1　……んと、それは会社を辞めるという意味？　それとも相棒関係を解消するという意味？

2　両方……。もうなんか嫌なんだ。最近なんかおかしいよ。俺ら全然うまくいってなくない？　全然ダメだよダメになってきてるよ。

1　んと、ごめんね百三一くん、言葉の綾で君の恋愛をカルアミルクに喩（たと）えた僕ちんが悪かった。もちろんカルアミルクは素晴らしい飲み物だよ？　シメに飲むとデザートみたいですごい豊かなアルコールジャーニーを満喫できるよね。でも、

2　俺、レナと別れたから。

1　え？

2　……そういうことなんで。

4　結婚は？

2　別れたのに結婚するやつがいるかよ。

1　……そうか。ごめん、百三一くん。なんか、ごめんよ。

2　なんで穴ちゃんが謝んの？

4　俺のせいだよね？

2　あー……それはいくらかあるかもね。／なんでこんな嘘をついたんだろう。この頃ちゃんちゃんと俺はまだ付き合っていた。２０２０年の春の結婚式にむけて準備を進めて、いよいよ腹を括ってお互いの親に報告だけでもしようという算段になっていた。あるいはそれは、それまでは、穴ちゃんの言うようにカルアミルクの日々だったのかもしれない。甘たるいファンシーな匂いが俺たちを支配していたのかもしれない。けれども彼女がクビちゃんを認識してから、それから、俺と彼女がお互いの本当の名前を知ってしまってから、それから、パンデミックの影響で結婚式が延期になってから、それから、穴ちゃんが死んでから。いくばくかの時間を経て、俺がこのとき思わず発した嘘は本当のことになってしまう。／俺、レナと別れたから。／言ったじゃんか穴ちゃん。俺たちには本当も嘘も関係なかったって。だからこの時の嘘だって蝶々がひと羽を羽ばたかせるくらいのことでしか、なかったはずだった。のに。／お前のせいだよ。クビちゃん。お前の。

4　……

1　うーん……。

2　てかさ、趣味でこんな仕事してるんじゃないんだよ！　金だよ金、金。アリサさんを捜して救いたいって話でしょう？　それならそれでいいけどさ、クライアントは？　依頼主がいてはじめて報酬が発生するんだから、それがなけりゃお遊びと変わんないんだって。何回も言ってるけど。

1　クライアントは僕ちんだよ（札束を放る）。それよか百三一くん、失恋中の君にこんなこと言うのも酷な気もするけど、さっきの発言、君とレナちゃんさんの間で起こった問題をクビちゃんひとりに押し付けるのって正直ドン引きだよ。それは、ないよ。さすがに。

2　……そうね。そりゃそうだ……でもさ、でも。じゃあなんで？　じゃあなんでクビちゃんを雇うわけ？　おかしいでしょ？　こいつ俺の彼女の元カレだよ？　それってなに？　どういう感情に俺をさせたいの？　少なくともそういう職場で働いてることが、彼女と俺の関係性にこれっぽっちも影響してないと思い込めるデリカシーのなさってなんなの？　もっとはっきり言うけどさ、穴ちゃんはなんなの？　なにがしたいの？

1　だから友達を救いたいだけだよ。

2　俺は？　俺救われてないんですけど？　俺全然救われてないんですけど！

1　そうか。それは悲しいよ。百三一くんと出会って救われたのにさ俺は。

2　い、一人称変えんなよ！　僕ちんとか言ってたやつが急に俺とか言うな！　胡散臭いんだよ！　そういうことするから信用が揺らぐんだろ⁉

1　……じゃあ、僕ちんに戻して言わしてもらうけど、百三一くん、君が僕ちんのこと信用できないってんでも、だとしても、だとするなら仕返しに君のことも信用しない、ってなことには全然ならないんだよ。それってだってありきたりだよ。センスなさすぎだよ。君が僕ちんのこと信じれないってんなら、むしろ僕ちんは燃え上がるようになおのこと君のこと信じるけどね。

2　なんなの……穴ちゃんはさ、キリストにでもなりたいの？

1　うーんまあたしかにあのお方はどちゃくそセンスのある人だとは思うけどねえ。じゃなきゃ殺戮(さつりく)がデフォルトの時代に愛なんか叫べないっちゅうねん。あのお方はすごかよ。でもほら、うち浄土真宗だからさ、てへへ。

2　……青学ってミッション系でしょ？

1　たしかにね。え、仏教徒がミッション系大学入学したらダメなの？　ダメなの？　クビちゃんどう思う？

4　君たちが　なにを喋っているのか　全然わからない

1　そかそか。さすがストロング・思い出ゼロ人間だ。思い出いらずは宗教いらず、飲んじゃあダメよ猫いらず。

4　ひとつ聞きたい

1　どうぞ。

4　俺は必要？

間。

4　俺は必要？

間。

4　必要？

間。

2　（1を見る）

1　……ああごめんごめん寝てた！

2　寝んなよ！　大事な時に！　目を開けたまま！

1　やあごめんごめん疲労がだいぶ困憊で。疲労って困憊だよねえ。

2　クビちゃんが自分は必要なのかって聞いてるよ。

1　必要？　うーん……。必要ってか……必然？　（その場にいる三人を一人ずつ指差して）

必然。

2　ずっとシャツのボタンを掛け違えたままこの世界にいるような気がした。たぶんそれは彼らもそうで、おまけに今も俺はたぶんその掛け違いを正すこともなく、むしろもっと掛け違えて生きてしまっているのかもしれない。でも、穴ちゃんがあのとき発したあの言葉は、これから俺らが仕事を共にするための、みんながみんなボタンを掛け違ったまま、らであり続けるための、充分すぎる理由には、たしかに、なった。

1　ほんじゃま、いっちょアリサを救うとしますかね。

2　そういうことなんだよ？　アリサさん。伝わってないかもしれないけど。

8

1と2が退場。

入れ替わりで3が登場。4の背中をみつめている。

2017年

3　……終わったよ。（輪ゴムで丸められた札束を取り出す）

4　……（それを受け取る）……おかえり……どうだった？

3　どうって？

4　（札束を数え始める）いい感じ？

3　楽勝だったよ。

4　（笑顔で）すごいね。肝が据わってるよ。

3　ねえねえ。

4　ん？

3　そんなに気持ちいいの？　コカインて。

4　……やってみる？

3　やだよ。『トレインスポッティング』で充分。

4　なにそれ？

3　映画で見りゃ充分てこと……（4を後ろから抱きしめる）ねえぇ、褒めてよお。完璧だったんだからね。

4　（3の手をゆっくり解いて札束のうちの数枚を渡す）すごいよほんとにマユミは。ありがとう。

3　……なぁんかさあ。ふっつーのサラリーマンだったけどね。すんごいほんとに、その辺にいるような。渋谷ですれ違っても気にも留めないようなさ。そんな人。

4　はは。渋谷ですれ違ったら、そりゃ誰のことも気に留めないでしょ。ジョニー・デップとかじゃない限り。

3　まあそうだけどさ。気づいてないこととか、知らないこととか、そんなことばっかりだなって。思いましたとさ。

4　えなにかわいい。

3　え？

4　そのさっきのとさってやつ。かわいい。

3　……なんか直球で褒めるよね。ミツオくんて。

4　そうね……プレイボール！

3　……え？

4　プレイボール！

3　……なに？

長い間。

4　……お風呂溜めていい？

3　え？

4　入っていい？　お風呂溜めて。

3　え、いいけど。

4、退場する。

やがて風呂を溜める音が響く。

3　え、さっきのプレイボールってのはなに？

間。

4が戻ってくる。

4　ん？　なんか言った？（携帯電話をいじりはじめる）

3　や……なんでもない。や、なんでもなくない。さっきのプレイボールって、どういうこと？

4　……あ、やっぱりだ。ほら。

3　え？

4　ヘロインだよ。

3　なにが？

4　ヘロインだよ。『トレインスポッティング』は。コカインじゃないよ。コークはあれだよ。ほら、こないだ一緒にここで観たやつ、ディカプリオの。

3　ああ、『ウルフ・オブ・ウォールストリート』？

4　そうそうそれそれ。あれはコークの描写あるよ。

3　へえそうかそうか。ところでねミツオくん、さっきのプレイボールの件なんだけど、どういう意図で発された言葉なのかわからないと、ちょっと私怖いというか、この先ミツオくんとどうやって付き合っていけばいいかわからないというか……え？　付き合ってるんだよね？　私たち。いいんだよねその認識で。

4　うん……付き合ってる。100付き合ってる。

3　だよね？　よかった。100だよね？　100ならさっきのこと余計に真剣に知りたいかも。ごめんねうざくて。うざいと思ってる？

4　ううん。思ってないよ。思ってたとしたらそう言うよ。直球で。

3　あ…………え？　…………お茶目だったのさっきの⁉　私が直球で褒めるねって言ったから？　直球と野球をかけてプレイボールって言ったんだね⁉

4　あー！　なんだー！　もー！　難易度高いよー！

3　（体育座りに顔をうずめる）

4　……どうしたの？

3　……恥ずかしい。

4　えぇぇえ⁉　もうなにぃ⁉　むちゃくちゃかわいいい！　（4を再び抱きしめる）犬みたい。

3　（その手をゆっくり解く）またしてくれる？

4　……？

3　仕事。一緒に。

4　……私が必要なんでしょ？

3　うん。とても。

4　他の女の子たちよりも？

3　他の女の子たちよりも。ずっと必要。

3 ……絶対？

4 絶対必要。

3 嘘だったら殺すよ？

4 じゃあまたする。でも……もうカラダは売らない。

3 嘘だったら殺していいよ。絶対。

4 ん？　どうして？

3 え、だって嫌でしょ？　嫌じゃないの？　彼女がそんなことしてたら。

4 まあもう、麻痺しちゃってるからあれだけど。たしかに、そのほうが、清潔なことではあるのかもしれないね。

3 うん。（笑う）てかドラッグ売ってて何が清潔かって話ではあるけどね。

4 ははは。そうだね。

3 ねえねえちょっと一回さ。ちょっと一回さ、ぎゅっとしていい？

4 え、ああ、うん。

3 （4を抱きしめる）……殺すからね？　嘘だったら。

4 うん。殺して。ほんとに。

間。

やがて4がまた例の如くゆっくりと3の手を解く。そして退場する。

やがて風呂を溜める音が止まる。

9

1が現れる。2はホワイトボードを持ってくる。ここは彼らのオフィスなのだろう。

1　じゃあ、シナリオの確認。（ホワイトボードに何事か書き始めようとする）あ、あけましておめでとうございます。

2020年　1月

3　おめでと。
1　悪いねご足労願って。
3　わりと広いんだね。

1　まあ住んでるしね背伸び背伸び。で順調？　二人は？　その後。

3　そういうのってどっちかがいない時にする話でしょう？

1　そいつは失敬。まあね、おたがいの愛を確かめるために一回別れてみるっていう選択は悪くなかったとは思うけど二回も三回もそういうことするのは恥ずかしいことだよ？　そんなのって高校生の恋愛さ。や、まあ高校生の恋愛を馬鹿にしちゃいないけどさ、ほら年相応の恋愛模様ってのがあるわけじゃない人には。だからアラサーなりの。

3　ん？　ごめんごめん全然わかんない。一回別れる？

1　ん？

2　や、いいからごめん。（3に）あとで説明する。社長、本題に。

1　ああそうそう。まあじゃあ本題なんだがね。んと、我々が麗しのアリサのことを対象に調査を行なっていたことは百三一くんからお聞き及ばしのことと存ずるのだが。

3　うん。

1　（以降ホワイトボードにところどころキーワードを書きながら）調査の結果彼女は福井

の田舎町の空き家を借りて生活してるんだな。そこでは本名の清水アリサという名前は名乗っておらずコシザキカナエという名前で生活している。ちなみにコシザキという苗字は彼女の中学時代の吹奏楽部の顧問の名前からとったと思われる。そのへんのことは拙著『堀切橋でつかまえて』29ページのメロンクリームソーダ事件の章を参照していただきたく思う（2が3に冊子を渡す）。

13

はあ。

彼女が名前を変え東京から姿をくらましたことについては推測の域を過ぎないがおそらくなんらかのトラブルが背景にあったと考えられる。その件について深掘りは避けたいと思う。なぜならば本件はクライアントのプライベートな問題であり、目的は対象の素行調査にはなく、クライアントの対象への愛の告白を目的の終点としているからである。ここまでは理解？

1313

告白したいってことでしょ？　あんたが、その人に。

うんだからまあクライアントがね。

だからそのクライアントはあんたなんでしょ？

うん。まあそうだけど。

１３

理解。先進んで。なんで私がってこととか。

そう。それなんだがな。我々は１ヶ月に及ぶ対象の調査により、対象の動向を検証していくうちあるひとつの結論に辿り着いた。すなわちそれは、対象は男性不信に陥っている可能性にあるということだ。原因は不明だがおそらく彼女が姿をくらましたことと関係していることは推察ができる。ゆえに深掘りをするつもりはない。しかしなぜ我々がそのこと、つまりは対象がそうした状態にあるのかと推察できる理由は確固としている。百三一くん、例のあれをあれしてくれたまえ。

２が操作をするとツンツンの掲示板のページがスクリーンに投影される。その掲示板には次のように書かれている。

アルコール依存
ＤＶ被害に苦しんでいる方／いた方と
お互いの経験を共有できる空間をつくりたいと考えています

お気軽に連絡ください
注意「女性限定」「金銭のやりとりは一切行いません」

1　そう。これはマッチングアプリ、いな、いまや巨大SNSツールとして絶大なユーザー数を誇るツンツンの掲示板に対象が書き込んだ文章である。すなわち対象は、東京から姿をくらまし偽名をつかってまで日々を過ごしているにもかかわらず、なんらかの救済、および仲間、を必要としている。であるから、で、あるならば、

3　私がその人に近づけばいいわけでしょ？　で、どこかロマンチックな場所に呼び出して、あんたが愛の告白をする。

1　クライアントがね。

3　クライアントが。

1　イエス。君はやっぱし賢いよ。

3　でもそんなんでいいの？　それって騙してることにならない？　男が嫌いになったってことは、嘘をつかれたってことでしょう？　それなのにまた嘘をつかって

1　呼び寄せて、あんたが、クライアントが告白して？　そんなの喜ぶ？
　　んと、だからね、そう。やっぱし君は頭がいいよね。それをね、嘘を嘘にさせないでもらいたいんだ。

3　ん？　わからんわからん。

1　んと、だから、対象と、アリサさんと、友達になってほしい。君が嘘をついてないと思えるまで。

3　んー？　友達って、そうやってなるものなのかあ？

1　そう。だから、もしレナちゃんさんがアリサさんと友達になれなかったらこの業務はおしまい。あるいは別のもう少し強引なプランに変更する。

3　そうだよ。自分からぱぱっと連絡とっちゃえばいいじゃんツンツンで。

1　いや、それはやだ。

3　どうして？

1　だってそんなの全然粋（いき）じゃないよ。

3　粋を求めるかお前風情（ふぜい）が。

1　てやんでい！　粋かどうかが問われぬ世界はあまりにもくだらんぞ！　そんな

2　世界に存在する価値なし！

1　もういいよ穴ちゃんそんなかっこつけなくて。穴ちゃんはね、あちょっとまったトイレ行かせて。適当に話してて。おしっこ漏れちゃうから。（退場）

2　んと、だからね……。穴ちゃんは、社長は、どうにかちゃんちゃんに折り合いつけてもらいたいからってのもあって業務に参加してほしいんだって。

3　折り合い？　なんの？

2　だから、クビちゃんの。クビちゃん、もういいよ。おいでよ。

物陰から4が現れる。4は布袋尊（ほていそん）のお面をつけている。

3　……。

4　よっ

2　……だからほら、彼がいることによって、そして彼が俺と同じ職場にいることによって、俺もちゃんちゃんも、もっと言えば彼も、のっぴきならない感情になってしまうわけじゃない。そういうのよくないんじゃないかって。誰もハッピーにならないんじゃないかって。

3　……うあー……やばいね。……うあー……なんかわかったわ。ああ。百たん、私と別れたって言ったんだ？　こいつのせいで？　こいつがいるからって。

2　ごめん……。

4　**ごめんね**

3　てかなんなのそのお面。

4　**君が俺の顔を　見たくないと思って**

3　いやいやいや怖っ。街歩けないでしょそんなんで。

4　**外すか？　訂正　外しますか？**

3　いいよ別に丁寧語にしなくていちいち。いいよつけてて。あんたどうせもともと堂々と街なんか歩けないんだから。そうしてたほうがいい。

1　（戻ってくる）話終わった？　お。どう？　布袋さまのお面。僕ちんのアイデアだぜ？　いいよねえ。ほら新宿には虎のお面つけて自転車乗ってる人とかいるじゃない？　あんな感じでもういまや女子高生の間でバズるバズる。よっ人気者！

2　どうする？　ちゃんちゃん。

1　全然、自由意志だし、やんなっちゃったらやめてよし。どう、業務委託ってことで、働いてみる？

3　百たんはどうなの？　どうしてほしい？

2　俺？　俺は……まあたしかに、自分の中の、いろんなもやもやを、見て見ぬふりするわけにはいかないかな、って思ったかな。

3　そっか…………私が入ることでそのもやもやって晴れるの？

2　うん……ということかな。

3　わかった……いいよ。

1　おお！　ありがたし！

3　でもちゃんとお金もらうよ？

1　もち。

3　それに、そのアリサって人と仲良くなれるかなんてわかんないよ？　そこんとこよろしく。

1　もちもち！　もちのすけ！　そもそも僕ちんだってある種玉砕覚悟だかんね？　傷つく覚悟はできております。ごめんなさいされたっていいのさ。最悪アリサさんの頭の上に日付がないってことだけでもわかれば御の字。もしあったら全力で救う。
それでよかばい。

3　なんなんだろねこの人。もはやドン・キホーテって感じでもないよね。

1　僕ちんはな。オリジナルな存在じゃい！　世界でたったひとり、穴蔵の腐ったバナナ、ここにありじゃあい！

3　ほんとなんなの？　そのふざけた偽名。

2　絶対本名教えてくれないんだ。長いことといるのに。

1　だからブドウヤバナナ。これが本名。腐ったバナナは逆説。もう腐らんぞという己への戒め。わかるかなあこの絶妙なニュアンス。

4　社長

1　はいどうぞ。

4　ランチの時間です

1　ああそう。もうそんな時間。はいじゃあランチ、みんなで食べましょい。（ＡＩに呼びかけるように）オッケー・クビちゃん、これから四人で入れるお店。

4　さがします

1　じゃ、とりあえず、歩きますか？

全員、退場。

（第二部終了）

第二部

10

仏花を手にした5が現れる。墓前と思われる場所に辿り着き、仏花を供え、手を合わせる。さらに自分のバッグから次々と酒を取り出し墓前に並べていく。カップ酒。ビール。酎ハイ。ワイン。過剰なほど大量の酒を墓前に並べていく。そしてこの様子を一度離れて見つめる。しばらくして彼女は墓前から去る。しかし、まるで強力なゴム紐が体に巻きつかれているかのように墓前に戻って供えられた酒を飲む。プシュッというビール缶のプルタブを開ける音が定期的に聞こえはじめる。その音が彼女を蝕む。だが酒を飲む手を止めることができない。しばらくして、幽霊のような男が舞台上に現れる。幽霊のような男は悶える5をみつめてしばし立ち尽くしているが、やがて荒々しく5に近づく。5の髪を引っ張り、身体を地面に叩きつけ、平手打ちする。5は抵抗して男に襲いかかる。そばにある仏花で男を殴り、バッグを振り回して男を殴る。その弾みで男が床に倒れ痙攣し、動かなくなる。彼の息が止まっていることに気づき、5は慄く。その場を去ろうとするが、墓の中へ引っ張られる。もがきながら抜け出そうとするがやがて力尽きる。上記一連の動作は踊っているかのように観客の目には映る。ダンスなのか、舞なのか、いずれにせよ夢幻的な時間が空間を支配する。

11

マスクをした3が現れる。
男と5が倒れたこの惨状を見つめ絶句しながらも、やがて口を開く。

3　カナエさん。

2020年　2月

3　おーいカナエさーん。

間。

3　カナぴょーん。カナブーン。カナみょーん…………アリサー……。

5、アリサという言葉に反応したのか、ゆっくりと起き上がる。

5　ごめん……何時？

3　2時。夜中の。

5　夜中の？

3　嘘、昼の。もう寝過ぎー。私もう東京帰っちゃうよー。

5　ごめんね。ほんとにごめん。私から誘ったのに。

3　いいけど。や、よくないよ。駅前なんもなくて暇だし寒いし死ぬかと思ったよ、電話しても繫がらないし。

5　ほんとにごめんねぇ。ほんとにごめん。

3　いやいいんだけどさ、謝んなくたって……（男を見る）。

5　……（男に）すいません。（男を足でつつく。男、目が覚める）帰ってもらえますか？

友達来てるんで。

男、ゆっくり起き上がる。

5　……あの、早めに。

男、ちっと舌打ちをして尻をかきながらそのまま退場する。

5　ごめんねぇ。見なかったことにして。

3　いやいやいやばっちし見たから。

5　（笑う）ごめん。軽蔑する？

3　しないよ別に。

男、戻ってきて床に2万円を置く。

男　ども。（去る）

間。

5　（笑う）軽蔑する？

3　しないって。話したじゃん私のことも全部。

5　うん……でも私はじめてだよ。今みたいなことは。

3　……ツンツン使ったの？

5　うん。マユミちゃんが言った通りにやったら（笑う）できた。

3　うあー……私悪影響じゃん……。

5　簡単だね冷徹になるのって。相手が人間だと思わなくなったら傷つきもしないし悲しくもならないし。

3　ねえカナエさん。私が言えることじゃないかもしれないけどもっと自分大事にしてほしいよ。カナエさんが存在してるっていうだけでその想像だけで生きていける人がいるんだから。

5　（笑う）いるかなあそんな人。

3　いるよ……。

5　コーヒー飲む？

3　……うん飲む……マスク外していい？

5　あ、うん。

5、湯を沸かしたり、コーヒーのセッティングを始める。

間。

5　何時？

3　電車？　最終だよ。

5　そっか。さみしいなあ。

3　ね。

5　ねー。

5、ひとつ前のシーンで床にこぼれた水を拭く。3もそれを手伝う。

3　…………カナエさん私さ。

5　ん？

3　たぶん初めてだよ同性の友達。

5　ええ？　私？　(笑う)　嘘だあ。

3　嘘じゃないほんとに。ほら私、見下してたから周りのだいたいの女。

5　(笑う)　言ってたね。

3　さぼってたんだよ友達つくるのとかも、自分のこと話したり、人の話聞いたりするの。もちろんいたよ？　それなりに浅い関係の人は。遊んだりお酒一緒に飲んだりさ。でも気がついたらみんな結婚して子供産んで、全然話合わないのね。認めるの悔しいけど、たぶんそういう、一般的な幸せの基準の中で不幸を感じたり幸せを感じてる人たちのこと、嫉妬してたんだろうね。なんかすごい、人間だなあって。

5　(笑う)　私とか、人間じゃないもんね。

3　違う違う、そういうことじゃなくて。なんだろうね。言葉ってむずかしいね。

5　……………男の人きっついなとか思ってさ。

3　うん。

5　思っても性欲はあるんだよね（笑う）。お酒もさ、きっついなしんどいなって思いながら、飲むっていうねえ（笑う）。ほんと私、生きるのすごく下手だなって思うなあ。スルースキルとかよく言うでしょう？

3　あー。

5　ネットとかみて乱暴な言葉とか中傷とか、それが自分に向けられたものでなくても、なんかほんとに二日三日動けなくなっちゃうんだよね。

3　うん。

5　全然スルーできないの（笑う）。でね、そういう人ってね、IQが低いんだって（爆笑）。スルースキルない人って馬鹿なんだって（笑う）。ウケるよねほんとに。ああ、私生きるの下手なの馬鹿だからなんだって。なんでこんなに毎日毎日人間やめたくなるかって言ったら、馬鹿だからなんだって（笑う）。なあんだって。そういうことかって。（笑顔でコーヒーカップを渡す）はい。

3　ありがとう…………え、それなんかの研究？　どこかの偉い人の研究結果なのかどうなのかわからないけど、私、ほんとに馬鹿な人間て自分のこと頭が良くて強いと思い込んでるやつだと思うよ。そんなやつクソだよ。で、私の浅い経験で知る限り、どいつもこいつも往々にしてそんなクソなやつばっかり。

5　（笑う）

3　でもさ、少なくとも、カナエさんは全然そうじゃないじゃん。カナエさんは誰のことも見下したりしないし、ふんぞり返ることもないし、毎日なにかにちゃんと傷ついて、知っていることより知らないことのほうが多いってことわかってるじゃん？　そういう人が馬鹿とか言われるなら世界のほうが馬鹿なんだと思うよ。

5　ほんとなんなんその情報？　そういうのほんと、腹立つわあ。／ああ、私……。ねえねえマユミちゃんさ。

3　ん？

5　呼んでよね私のこと。

3　なに？

5　式に。

3　言ったじゃん呼ぶよあたり前じゃん。

5　わりとすぐだもんね？

3　そうそう5月。

5　なに着てこうかな。

3　痩せなきゃなあ。

5　反則だよ痩せてる子が痩せなきゃとか言うの。

3　いやいやいや、ほんとに！　ほんとなんだって！　無理してワンサイズ小さいドレスにしちゃったんだもん。／ああ……私はほんとに馬鹿だ。

5　楽しみだなあ。

3　なんで私は、あんなことしたんだろう。少し考えればわかったことかもしれない。少なくとも私は、あの時、あの瞬間がくるまで、どんな結果になろうとも、彼女は私のしたことを喜んでくれるはずだとばかり思っていた。／ねえ私、帰る前にカナエさんに会わせたい人がいるのね。会うだけでも会ってみてくれない？

5　ええ？　なんだそれー？　どういう人？　男の人？

3　友達。／これがフィクションならここで終わりにしてほしい。

5　じゃあ男ってことかー。女の友達は私だけだもんね？
3　うんそう。やっぱりやだ？　バンドのライブなの。友達の。／終わってここで。
5　バンド？　友達のバンドが福井に来てるの？
3　うんそう。
5　すごいじゃん！　よくぞこんな田舎に（笑う）。えー行きたいかも。
3　今日の夜、行く？　／来なくていい。
5　行くよー。楽しそう。
3　気にいってくれるといいんだけどなあ。いい奴らだよ。それなりに。／私は、世界一の馬鹿ものだ。

12

途端、エレキギターをかき鳴らす音が聞こえる。
弁財天（べんざいてん）のお面を被った1はエレキギター、スタンドマイクを矛（ほこ）のように握りしめ毘沙門天（びしゃもんてん）のお面を被った2、布袋尊のお面を被り大きな袋を抱えているだけで特になにもしない4がいる。3はマスクをしているが、5はしていない。

2

どうも。三つの柱が遊び泳ぐと書いて三柱遊泳（さんちゅうゆうえい）って言います。今日は俺たちのライブに来てくれてありがとう。見えるぜ。結構な数の、透明の、オーディエンスがよ。俺たち普段七人で活動してるんだ。聞いたことあるかな？　七福神ていうユニット名なんだけどさ。ほら、普段は銅像とかになって固まってるから、なまっちゃってさ、もっと自由が欲しいってことでバンドやってんだ。ほかの四人はいま銅像やってる。動きたくないらしい。俺たちがバンドやるって言ったらどうぞうどうぞう、だって。（耐えられなくて）あの、こういう、コンセプトでやって、ます。

1　（小声で）コンセプトとか言わなくていいから！

5　（笑いながら3に）なにこれお笑いの人たち？

3　うん……そう。お笑いの人たち……。

2　メンバーの紹介。まず、腹太鼓担当。

5　いま腹太鼓って言った？

3　うん腹太鼓……。

2　細身の布袋尊！

4　よろしくね！

2　ボーカル担当のこの俺、醤油顔の毘沙門天！　いえーい！（無理をして暴れている）

5　（笑っている）。

3　……。

2　つづいてこの人。俺たちのリーダー、音楽の神様、芸術の神様！　この人がいなきゃ俺たちはいない！　最高の弦楽奏者、ギター担当の穴蔵の弁財天さま！

1　（ギターを鳴らし手を振る）

2　なんかマイクパフォーマンス長いバンドって寒いよね？　俺らそういう寒さわかってるんで早速曲いっちゃいます！　聴いてください……「日付」。

2が歌う。

2　安心してね
君に日付はなかったよ
君は死なない不幸にならない
俺が絶対保証する
日付日付日付イェイイェイ
日付日付日付イェイイェイ
運命はうんめぇ

2

不味い運命うんめぇじゃねぇ
君の運命はうんめぇ
俺が絶対保証する
日付日付日付イェイイェイ
日付日付日付イェイイェイ

短い曲ですが。「日付」、という曲でした。聴いてくれてありがとう。みんなは運命って信じるかな？　運ばれた命と書いて運命。漢字ってよくできてるよね。俺たちの命って、運ばれてきたんだよ。親からご先祖様からもっと辿れば神様たちから。でもさ、それは生まれるまでの話。俺たちは生まれたからには、その命を前に運ばなければならねえんだ。自分で、自分の力で。運ばなきゃなんねえ。もちろんたまに、他人に頼って命を運ぶのは悪いことじゃないぜ。でもそれは、たとえばネットショッピングで商品を注文するんだってしても自分でクリックしなきゃなんねえんだ。自分で、自分の力でクリックしなきゃ、運ばれてこねえんだ。命っていうお届け物はさ。

5　（3に）言ってることわかる？

3　わかんない。

5　ん、んと、マイクパフォーマンス長いバンドって寒いよね？

2　（爆笑して）だよねえ？

1　（小声で）それさっき言った！

2　んと……だからそろそろ、電車の時間がくるので、最後の曲になりまーす。

4　えーさみしい！

間。

2　……んと……ごめん、俺もう限界……次の曲は、穴蔵の弁財天さまが歌います。聴いてください。「好きだ」。

2がギターを弾き、1が歌う。

1

好きだ好きだ好きだ好きだ
好きだ好きだ好きだ好きだ
あんまし歌上手じゃないけど
わりかしキモい人間だけど
おまけにどうやら死ぬらしいけど
たぶんおそらくぜったい君が
好きだ好きだ好きだ好きだ
好きだ好きだ好きだ好きだ
君が振りまく残り香
想像するだけで花が咲く
単刀直入に言うよ君が
好きだ好きだ好きだ好きだ
好きだ好きだ好きだ好きだ

1

（お面を外す）アリサさん！

15

えええ！　船井くん!?

そうです船井です。正確には船井ではないのですがもうあなたのために船井になります！　船井、一世一代の賭けに出ました。今日は船井の船出です。ボン・ボヤージュ！　船井、あなたがいなくなってからずっとあなたのことを考えていました。あなたがくれた禁酒1ヶ月のお星様は毎日目につくようにと電気をつけるところのスイッチの上のほうに貼り付けて、今日も照らしてくれてありがとうとか、流れ星一個盗んで目の前に差し出された気分さとか、そういう言葉を投げかけながら日々を過ごしていました。実は船井は起業したとです。会社つくったとです。ここにいるのはその社員とバイトなのです。下手くそな演奏をお耳汚し失礼しやした。騙したかったわけではないのです。笑ってくれるかなって。喜んでくれるかなって思ってこうしたとです。スベってたらごめんなさい。

15

船井くん、よくわからなかったけど、おもしろかったよ！

わ。よかった！　よかったね君たち……ずっと会いたかったとです。船井はアリサにずっと会いたかったとです。どうして急にいなくなったとですか？　船井も、断酒会の連中も、あの薄情なコイズミだってさみしいって言ってましたからね、あのサイコ野郎のコイズミがですよ？

15

ごめんね一言言えばよかったね。

いえいいんですよ。アリサが謝る必要なかとです。謝るべきは船井です。船井はアリサに会いたいがために、夜な夜なアリサの残像と枕をともにすることもありました。しかしこうして数年越しに拝むあなたの実像は、数多（あまた）の残像たちをワンラウンドで叩きのめすほどに美しい。アリサ。許してください。あなたの隣にいるその女性をこの街に派遣したのは船井です。

13

お願いここで終わって。

でもあなたが聞いた彼女の過去やあなたに対する友情はおそらく本物に違いありません。もとい、我々は彼女があなたにどんな話をしたのか、ましてや、少なくとも船井は彼女の本名すら知りません。けれど、おそらく、あなたは知っている。あなたが交わしたその女性との友情は真実にほかありません。ただ、きっかけだけが、スタートラインだけが、この船井が引いた線であること、それはひとえに船井がアリサに会いたいがための、勝手な欲望から始まったことをご理解ください。この事実を含め、船井のことが嫌いになったのならば致し方ありません。ですが、あなたの隣にいる彼女のことだけは、疑わずにいただきたく思います。彼女のあなたに対する友情が本物になりえなかった場合、あなたがここに辿り着くことはなかったのですから。

3　ここで終われ。

5　（笑う）なああんだ。船井くんとマユミちゃん、知り合いなのね？

1　マユミという人が彼女のことを指すのならそうです。おいどんたちは知り合いです。船井のことは、話題にのぼりましたか？

5　ううん全然。でもそっか、船井くんは、私に会いたかったんだね？

1　……はい。とてつもなく。

5　なあんだあ。それで、マユミちゃんは私にツンツンして、それで、なあんだあ。（笑う）

3　ごめんねカナエさん。でもほんとに、私全部をカナエさんに話したし、カナエさんから聞いたこと、ほんとにぜったいにこいつらにはひとことも喋ってないよ？／そういうことじゃない。

5　うーん……まあ、時間はかかるかもしれないけど、なんか消化できそうだよ？

船井くんにもね、会いたかったしちょっとは。

1　わあよかった！　よかったとです。ほんとに我々、それを心配しとったです。

5　でも私たぶん、いま船井くんと付き合ったとしても、たぶん船井くんのことすごく雑に扱っちゃう。

1　あ……。

5　あ、え？　そういうことだよね？　これっていま、そういうことなんだよね？

1　はい……告白タイムです……でした。

5　ああよかった。そうだから私船井くんといま付き合っても、きっと雑に扱うし、傷つけるし、私のことすごく軽蔑すると思うよ？

1　でもそれは、全然、なにがあろうと覚悟してます。

5　前の旦那さんもね。そう言ったのね。大丈夫だって。覚悟するって。でもほら、私、船井くんが思っているより何倍もずっと酷(ひど)い人間なの。イカれてるんだって。どうやらそうみたいなのね。船井くんが私のこと好きって言ってくれたり美しいって言ってくれたり、それはすごく嬉しいけど、でもその反面、それに値しないって思っちゃう自分がどうしてもいるんだよね。

1　そんなことないんですよ！　ほんとに、自分を卑下しないでください！　俺のことタイプじゃないならそう言ってください！

5　……ごめんねえほんとに……船井くん、友達でいよう？

1　タイプじゃないってことですか？

5　ううん。そんなことない。船井くんはすごく素敵な人だよ？　ほんとに。

1　タイプじゃないって言ってもらったほうがずっとマシですよ。言ってくださいタイプじゃないって。自分を卑下しないでください。言ってください。嘘でもいいからタイプじゃないって言ってみてください。

5　ごめんね船井くん…………タイプじゃない。

間。

5　友達でいよう？

1　…………連絡、してくれますか？

5　するよするする。こないだみたいに急にアカウント消したりしない。

1 ……………こっち方面に来た時は、おうち遊びに行ってもいいですか……？

5 もちろん。うち結構汚いけど（笑う）。ね？

3 うん謙遜じゃないんだよね。

5 そうそう。謙遜じゃなく汚いんだよね（笑う）。

1 う、うおー！　百三一くん百三一くん百三一くうーん！　（2にすがりつく）

3 あのね、ああそうだそれでカナエさん／止まれ。／あのね、実はあの、毘沙門天が、例の彼氏なのね。

2 （お面を外す）あ、どうもです。あの、マユミが、いろいろお世話になりました。

5 あ、どうも！　へえ。あなたが、あの。

2 あ、はい（照れて）。その、あれです。

5 おめでとうございます。

2 あ、ありがとうございます。ぜひ、式にも。

1 僕ちんのことも呼べよう！

2 なんだよ行きたくないとか言ってたのに。

1 呼んで！

2　だから呼ぶってば。あ、で、こいつが一応バイトの。

4　クビちゃんと言います

2　まあ、こういうコミュニケーションなんですけど。

4　タイムラグがあります

3　挨拶ぐらいせめてお面外したら？

4　あー

3　待って待って待って。

4　クビちゃんですわわわわー（お面を外す）

途端、笑っていた5の表情が曇ってくる。4と距離をとり、その場にいるひとりひとりに鋭い眼光を向けていく。

4が何事かと5に近づく。

5は怯えて離れ、一人一人をゆっくりと指差していく。彼女の瞳の奥には確実に敵意があり、恐怖があり、やがて、なにもなくなる。

5　へぇあなたたちが魔法をかけていたのね？　私が無視するからメフィストを連れてきた。（笑う。そしてその場を転げ、発狂した人間のように床をのたうちまわる）

他のものたち、何事かと5に視線を向ける。いったいなにが起きたのだろう。自分たちがなにかしたのか、視線を泳がせる。やがて、彼女の取り乱した姿は、4が関係していると悟る。そして自分たち一人一人に、彼女がこうなってしまっている責任を感じはじめる。

1　アリサさん……。
4　（震えながら文字を打ち込む）俺のせいだ
1　うるさい
4　俺のせいだ
1　うるさい！
5　ごめんなさいね（突如、笑いやむ。そしてしばらく立ち尽くす。風船がはじけたように突然走り出し、退場する）
3　自分の欺瞞（ぎまん）が、振り返ってからはじめて欺瞞だったとわかる。その時は、ただ、無邪気で、純粋で、愛情だと思っていたものが、あっという間にひっくり返って欺瞞になる。私はでも、ほんとうに私は、そうならないように気をつけていた。こんな風に大切な人を傷つけないように、優しく生きていたいとほんとうに思っていた。でもそれさえも、ひっくり返し欺瞞だと突きつけるほどに、なんでこんなに必然って残酷なんだろう。ミツオが彼女になにをしたのか、それはわからない。彼女は私にそのことを話したことはなかったし、私も彼女にミツオのことを話したことはなかった。それどころか、私は全部を彼女に話した気になって、ミツオのことをすっかり忘れていた。いや、たぶん。私は本心でわかっていたんだ。ミツオの話をすることが、たとえ直接的でないにしろアリサさんを傷つけるかもしれないことを。だから、私は、私たちは、罰を受けたんだ。真実から、自分たちの本当の名前から、必然から、大きな大きな罰を受けた。アリサさんは、街で狂乱状態のところを保護されて施設に入居する。それからは長くてしんどい真実の復讐のはじまり。アリサさんとの面会は謝絶、世界にウィルスが蔓延して、結婚式は延期。穴蔵の腐ったバナナは死んで、ミツオはまた姿を消して、私たちは別れる。ほんとに……頼むよファンタジー。なんとかしてよ？　ファンタジー。あなたを信じる以外にもう私たち、すべがないよ。おーいファンタジー。

13

2

2020年9月30日　午後

それまでの間になにがあったかと言えば、なにもなかった気がするし、あまりに多くのことが起きた気もする。（マスクをつける）あの時の一件が俺たちにもたらしたわだかまりを上塗りするように、矢継ぎ早に、仕事は増えた。もちろん、多くの企業がそうであったように一時的な停滞は我が社にもあった。けれども、巣ごもりのさなかも人間の愛欲は衰えず、配偶者の不審な行動が悪目立ちすればするほど、我々のスケジュール帳を黒く染めた。その背景には、猫の手の要員で駆り出されたちゃんちゃんが離婚の相談に乗るうち、顧客満足度が格段にあがったというのもある。クライアントの不安や悩みを歯切れ良くさばいていく彼女の人間性は、むしろ探偵業というよりカウンセリングの域にあった。案の定彼女は俺の知らない間に心理カウンセラーの資格を取るために勉強をはじめて、俺の知らない間に取得し、そして俺の知らない間にそれを天職としていく。クビちゃんの死期が見えるという能力は、オフィスの下の階の中華料理屋の店主の命を救うことで、疑う余地はなくなった。あるいはたしかに、必然だった。俺たちはむしろ、誰かの誕生日パーティでも開くかのように、浮き足立ってこの日をむかえた。２０２０年９月３０日。それが過去になってしまえば偶然なんてどこにも存在しない。

全員マスクをつけている。４においては布袋尊のお面の上からマスクをしている。１は椅子に拘束されて不満そうにしている。３はシーンの間ずっと携帯電話をいじっている。

１　ねえ、もよおしたいのだけど！　便意！　便意！

２　オムツ履いてんじゃん。

１　あのさあ、こちとら社長よ？　社長がオムツに便する姿、見たいですか？　弁財天

１３２３

の弁は便意の便じゃあないんだぞ！　ってこの罰当たりめ！　花を摘ませろ！　摘ませないならオフィスを花まみれにしてやる！　いいか食わせるぞ！　花食わせるぞ！　バナナの花は食べられるんだぞ！

え、そうなの？　バナナって花食べれるの？　てか花あるの？

あるでしょそりゃ。実がなるんだから。

ああそっか。

もうさ、すごくない？「風格」だよ？　花言葉。僕ちんにふさわしいな？　もう自叙伝のタイトル『風格』にしちゃうよ？　ニーズはあると思うんだよ。探偵業って意外と興味ある人多いと思うんだよ。どうするミリオン叩き出しちゃったら？　あーあ、夢の印税生活かあ不労所得は最高たい……って違う違う便意便意！　お食事中のかたには大変申し訳ございませんが、便意です！　ベン・E・キングです！　てコラコラ！　伝説のR&Bシンガーを馬鹿にしとるか！　炎上さすぞ！　自粛警察に通報して車にいたずらさせるぞ！　トイレットペーパー買い占めちゃうからな！　まったく原油価格が下がりっぱなしで株が大損だあい。だけど、むしろいまこそ投機だかんね！　ぜったい株上がるから。リーマンショックより先読みしやすいんだよ。そのうち日経平均三万越えるからね絶対だぞ！　メモっときなさいよ！　いやあしかしなんだっけ……便意だよ便意！　こうしてる間に便意が八分咲き！

（拘束を解く）

さすが持つべきものはクビちゃんだ。（退場する）

よくまああんなベラベラ口が回るわ。／断末魔みたいなものだったのかな？　この日の穴ちゃんのテンションは異常だった。あるいはそれは、アルコールがもたらすものだったのかもしれない。アリサさんの一件以来、明らかに穴ちゃんの飲酒量は増えていた。いつしか、朝オフィスに来れば転がった空き缶を掃除することが俺とクビちゃんの日課になっていた。これを指摘すると穴ちゃんは隠れて酒を飲むようになった。このタンブラーの中にも酒が入ってる。たぶん、酒臭いかどうかが他人に悟られないマスク生活は好都合だったんだろう。穴ちゃんはクライアントの前でも平気でタンブラーを煽っていた。だから、死因が不明だったとしても、俺にはわかってる。穴ちゃんはゆっくりと時間をかけて自殺したんだ。

２０２０年９月３０日午後４時２１分へ目掛けて、周到に、逆算して。

２１４

2020年9月30日　午後4時

1　（ふたたび拘束されている）ねえ、写真撮ろうよ？

2　なんで？

1　思い出だよ思い出。もし僕ちんが死んだらこれが思い出になるし、死ななかったら笑い話になるし、どちらにせよ最高なんだから撮ろうよ？　ね？　もしほんとに死んだらどうするよ？　社員みんなで撮った写真が一枚もないなんてこんな恥ずかしいことあるかい？　恥ずかしくて丹波哲郎に合わせる顔がないじゃないか。どうするよ僕ちんが大霊界に行って丹波哲郎が、

2　はいじゃあ撮るよー（写真を撮る）。

1　おいこら！　どうしてこんな拘束された姿を撮るか！　馬鹿野郎そういう趣味だと思われちゃうじゃないか！　へえ社長さん嬉しそうに縛られてますねえさぞ縛られるのがお好きだったんでしょうねえ、ご遺体はどうされますか？　追加料金かかりますがお縛りしますか？　弊社はさまざまなニーズにお応えしておりまして

ロウソクや鞭打ちなどの、ってそんなおくりびといますか縛りませんよ解（ほど）きなさいよ！

2　ねえ穴ちゃんさ、ドラッグとかやってないよね？　なんか変だよ今日。（拘束を解く）

1　百三一くん、君って人は社長をジャンキー扱いするんだね。たしかに僕ちんはいま覚醒している。頭がもうぎゅんぎゅんに回転してる感じはする。聞こえるでしょ？ほらクビちゃん、脳がぎゅんぎゅんいってる音が。聞こえるでしょ？　でもね、江戸っ子はドラッグなんかに頼りませんよ。江戸っ子はね、江戸っ子はね、シラフでガンギマリじゃあい！

2　あんた出身岐阜でしょうが。／さすがにいま酒に酔ってるだろとは言えなかった。／はいじゃあ撮りまーす。連写モードですからね。タイマー3秒ですからね。はいマスクとってマスクとってクビちゃんお面とって。はい、3、2、1。（写真が撮影される）

1　（マスクをつけて）撮れた？

2　はい撮れました。

4　（ふたたび1を拘束しようとかまえる）

1　いいの撮れた？

2　うん。いいの撮れた。

1　そか。じゃあピーッ！

1、急に何かのスポーツでもはじめたように舞台を飛び回る。

3　えなに？

1　遊ぶよ！

2　いやいやいや時間時間！　あとちょっとなんだから大人しく座ってなって！

1　いや、いいかい。残された時間、僕ちんは徹底して遊ぶよ。真面目に働いてきたんだ。あと数分で死ぬかもしれないってのにいま遊ばなきゃいつ遊ぶってんだい。

4　社長　座れ

1　座らないぞ！　座ってほしければ捕まえてみなさいよ！

一同、1を捕まえようとインドの国技カバディのような動きになる。

2　カバディみたいになってるから！　カバディみたいに！

一同、笑いながらこの時間を楽しむ。

1　はーいじゃあ範囲を駅前広場に拡大しまーす！　カモン！（以降ゆっくりと時間をかけて地面にうずくまっていく）

2　いやいやダメだよ外は！　／鬼ごっこしてたら死んだなんて、なんだかマヌケで穴ちゃんらしいよ。しかもコロナ禍に、大の大人がわーきゃーわーきゃー言って、白い目で見られて。……でもさ、楽しかったんだよね。たしかに、楽しい時間ではあった。だって穴ちゃんの遊びは、街全体を巻き込んで、白い目で見てきた人たちも巻き込んで、まるでフラッシュモブみたいに、台本でもあるかのようにその場の人々を巻き込んだ。ありえない光景だよ。子供から老人まで、マスクをつけたまま、みんなでカバディみたいな動きをするっていう（笑う）。嘘だと思うでしょう？　どうせ作り話だろって思うかな？　でもほんとにあの時、人類捨てたもんじゃないかもなって思ったってのは、一瞬、ほんとだった。

4は布袋尊のお面を見つめている。

4　君たちに　ふたつ　嘘をついていることがある

2　ある日、ミツオはそう言った。

4　社長が死ぬ何日か前から　俺は　俺を認識している

3　？

4　俺は　ヤナギミツオ

2　……。

4　俺は　ヤナギミツオ　という　人間

2　……で？

4　申し訳ない

4、頭を下げる。

3　いまさらだよ。
2　穴ちゃんが死んでからそれ言うか……？
4　社長　助けてから言いたかった
2　……やっぱり穴ちゃんのこと椅子に縛りつけときゃよかったよ。こうなるような気がしてたんだ俺は。

4　２０２１年　３月２４日　午前１１時ちょうど
2　？
4　アリサさんの　頭の上に
2　は？　えなに？
4　その日付があった
3　いやいや、ないって話だったじゃん。じゃあ大丈夫だねって、そういう話だったじゃん。

4　社長をまず助けてから　伝えるつもりだった

2　……いやいやいや、あのさあ！　なんの配慮それ⁉　アホだろお前⁉

4　アリサさんのために　社長は命　捨てる気がした

2　いや違うだろ！　生きるモチベーションになったんだって！　お前だって見てたろ⁉　穴ちゃんが異常な量の酒飲んでたの。全部アリサさんの一件があってだってことぐらい見りゃわかったじゃん？　穴ちゃんは自殺したんだよあの日めがけて！　でもお前が、アリサさんの日付のこと伝えてたら、少なくともその間、生きようと努力したかもしんないじゃん？　はあ？　お前なにしてんの？　お前……わかってんの？　お前が穴ちゃん殺したも同然なんだぞ？

4　君だって止められた

2　はあ？

4　君だって　社長の死を　止められた

2　うるせえよ！　お前がひょこひょこ現れなきゃすげーシンプルだったんだって！　俺と穴ちゃんがいた、穴ちゃんが死んだ、以上！　これだけの話だったのに、なんなんシンプルな物事複雑にさせてよ。かきまわしてんじゃねえよ人の

心を無闇に、後出しジャンケンみたいなことして！　なんでジョインしてんだよ
お前が！　俺らに！

3　マサくんそれ私に言ってんでしょ？

2　はあ？

3　ミツオがいなきゃよかったってんならさ、私もいなきゃよかったってこと言いたいんでしょ？

2　いやいやいやいや違うから。なんなんそのアクロバットな解釈？

3　いや、そういうことだから。マサくんが言ってること。ひと一人の関係がなかったらよかったのにって言うんなら、その関係に付随する、私も、いらなかったってことに、なるから。

2　あーごめんごめん。いま痴話喧嘩したいわけじゃないよ。帰ってしようそういう話。

3　や、もううち。確信した。うち、アリサさんとこ行くわ。で、アリサさん死なせない。ミツオはさ、そういうこともわかってたから隠してたんじゃないの？　私がアリサさんの日付のこと知ってたら、余計にそれこそシンプルなはずのことが複雑になっちゃうってことが。なんなら私とマサくんの関係も気にして、波風

立てないように、隠してた。私が社長の命とアリサさんの命を天秤にかけて頭を悩ませるなんてことがないように。

4　……。

2　……命に優劣なんかないから。

3　そうだよ。じゃあ関係には？

2　え？

3　関係には優劣はあるの？

2　命の話をしてるんだって。論点ズラさないでよ。

3　違う。答えて欲しいの。人と人の関係に、優劣はあるの？

2　そりゃあないって言いたいよ俺だって。でも……でも優先順位はあると思う。

3　…………わかった。（荷物をまとめて退場しようとする）

2　どこ行くの？

3　え、仕事。

2　ここの仕事は？

3　バイトじゃん？　私。（退場する）

間。

4　百三一くん

2　……ハヤシ。ハヤシだから俺。そんな変な名前じゃねえ。

4　ハヤシくん　俺　必要かな？

2　（うんざりといった具合にため息をつく）……（お前も）バイトだろ？

間。

4　わかった

4、退場。

14

2、オフィスの椅子に腰掛けて何もせず虚ろに天を仰いでいる。マスクは外す。

TSUN-TSUN

TSUN-TSUN

TSUN-TSUN

TSUN-TSUN TSUN-TSUN TSUN-TSUN TSUN-TSUN

TSUN-TSUN TSUN-TSUN TSUN-TSUN TSUN-TSUN

TSUN-TSUN TSUN-TSUN TSUN-TSUN TSUN-TSUN
TSUN-TSUN TSUN-TSUN TSUN-TSUN TSUN-TSUN
TSUN-TSUN TSUN-TSUN TSUN-TSUN TSUN-TSUN
TSUN-TSUN TSUN-TSUN TSUN-TSUN TSUN-TSUN
TSUN-TSUN TSUN-TSUN TSUN-TSUN TSUN-TSUN

2　あーうっせうっせうっせ！　やたらとツンツンしてくんじゃねえ！（携帯を開く）

メッセージ from 穴蔵の腐ったバナナ

やっほ！　あけおめ！　百三一くん！

2　え、なに？　穴ちゃん？

2021年1月1日

うずくまっていた1がゆっくりと起き上がる。

1　イエス。僕ちんでござる。ふふ。粋だろ？　このメッセージを君が受信しているということは、僕ちんは案の定天に召されたというわけだ。天からのツンツン、届いてるかな？　ちょっとやそっとでくたばってたまるか。穴蔵の腐ったバナナ２０２１年お化けエディションといった具合さ。どうだい粋だろう？　どうだったかね百三一くん。僕ちんの死に様は。粋だったかね？　いやあ、葬式はどうだった？　僕ちんの両親とか妹に会っちゃった？　いやあ気まずいぜえ。

2　身内だけで済ますって、俺たちは参加できなかった。このご時世だしだって。

1　そうかいそうかい。妹かわいかったろ？　そうなんだよ。僕ちんの妹はけっこう可愛いんだな。小さい頃はにいちゃんにいちゃんなんて甘えん坊だったのによう、いつしか二人称ゴミだからね。人のことゴミって呼ぶんだよあいつは。もうほんと傷つく。でも泣いてたでしょ？　さすがに泣いてたよねん？

2　だから俺参列できてないって。穴ちゃんの妹も見てない。

1　そかそか。僕ちん最近思うのさ。結局やっぱし家族と仲良くしたほうがいいよねって。ほんとそれ。親は子を。子は親を。なんだかんだそれ大事にするのが人の道さな。あ、いやこれ説教じゃないよ？　家族の絆希薄な社会に対するメッセージとかじゃないからね？　単になんていうの、己の後悔？　それクリアしてから死ぬってのも粋だったなって思うわけよ。まあだからね、なにが言いたいかっていうと、僕ちんはだな、レナちゃんさん、もとい、マユミさんだっけ？　彼女と君の結婚を祝福し、やがて子を授かるなどという幸福な出来事があったとするならば、だよ？　あ、これセクハラじゃないからね？　子を産めって言いたいわけじゃないよ？

2　うるせえよ。いいんだよコンプラは。本題はなんだよ。

1　んとつまりだな。僕ちんはできたらその子の名づけ親にさせてもらえないだろうかっていう話なのだね。なんだろうね。自分でもよくわからんのだが、僕ちんは名づけっていうことにどうやら一家言あるようなのだな。ほら、百三一桜っていう最高のネームを襲名して君もハピネスだったじゃんか？　クビちゃんのフルネームはキズグチクビオっていうことに僕ちんの中ではなってるからね。そんなのを

瞬間的に命名できる僕ちんてビートたけしの再来だよまったく。ほんとにグレート
義太夫とか、

2　長い長い。かいつまんで。

1　んと、だからね。僕ちんはね、君たちの子供、もしかしたら、生まれるかもしれ
ない子供、にこんな名前をつけたいなって思うんだ。それはね。

花

1　っていう名前がいいんじゃないかなって思うんだ。男の子でも女の子でも花（はな）。どう？
いいでしょう？　吾朗左衛門（ごろざえもん）と、ウナギ御膳（ごぜん）っていう名前と競り合ったんだけどね。
やっぱしシンプルイズベスト。花かなって。あ、でも気に入ったらウナギ御膳でも
いいよ？

2　だれが自分の子供にウナギ御膳て名前つけるんだよ！　ひつまぶしのほうが語呂
がいいじゃんかってそういうことじゃないぞ！

1　ふふふ。花ちゃんね。奇しくも君が僕ちんを呼んでた穴ちゃんて響きとニアピン

さ。自分の子供呼ぶたび思い出しておくれよ僕ちんのことを。

2　穴ちゃん……めちゃくちゃ嬉しいよ。めちゃくちゃ嬉しいけど、たぶんその名前はつけられそうにないよ。……俺ら、別れたからさ。

1　実は僕ちん、もう一個後悔あるのな。お察しの通りアリサさんのことさな。結果として、ずいぶんひどいことを僕ちんはしてしまったわけだし、ただ、彼女が勘違いをしたまま、すなわち、僕ちんたちが結託してミツオをアリサさんの眼前に連れてきたのだという、その誤解だわな。拒絶されてしまっているから、もうどうしようもできないことではあるけれど、もし、もし、時間が解決するっていうことが万一にもあった場合、なんとなく、さりげなく、我が麗しのアリサに伝えてくれたら、御の字。まあきっと彼女はあれを経て強く生きているのだろうと期待するさな。なにせ彼女の頭の上には日付がなかったんだし。それだけでぼっちし全然、いいのだけどさ。

2　……。

1　じゃあな。百三一くん。ちなみこれ、予約送信てやつ。粋だろ？　僕ちんが生きてたら即刻キャンセルよ。でもたぶん死んだから文明の利器がこれを君にお届け中ってわけさ。ありがとね。百三一くん。いろいろと。世話んなったわ。
2020年9月某日。穴蔵の腐ったバナナより。追伸、優しくなくても、生きる資格あり。君が生まれているならば。

1が消える。

15

どこかの街。たぶん南のほうだろう。登場人物は薄着で、以降全員、マスクをつけている。

2　だから……。だから……。ここに来た。

2021年3月24日　午前10時30分

3と5が手を組んで、楽しそうに笑いながら歩いてくる。2は咄嗟に身を隠す。

3　じゃあそれは、生き物ですか？

5　はい。生き物です。

舞台上をぐるぐると二人して移動している。2はその後をしつこく尾ける。

3　丸いですか？

5　いいえ。丸くないです。ああでも部分的に。

3　あ、じゃあ、その生き物の色は赤ですか？

5　はい。赤です。

3　わかりました！

5　はい、マユミさんどうぞ。

3　アリサさんが想像したのは、タコですね？

5　正解！

3　やったー。

5　（立ち止まって時間を確認する）ねえねえ、あと30分。

3　大丈夫大丈夫。ゲームに集中して。ほら歩いて。足動かして。

5　なんかそわそわしてきた。心臓バクバクしてきた。

2　（意を決して）あの。

3と5　わっ！

3　（ファイティングポーズをとる）なんだてめえこの野郎！

2　あ、違う違う俺俺。（マスクを一度取る）

3　なんだよ……マサくんか……来たんだ？

2　来るでしょ、そりゃ。（5に目配せして）あの。

3　知ってるよ。全部知ってる。アリサさん、全部わかってるから。

2　あ……じゃあ誤解は。

5　ごめんなさい。ごめんなさいって言っても、正直あんまりよく覚えてなくて。だから何に謝ってるのかよくわからないけど、なんか、ごめんなさい。

3　ねえほら、アリサさん。

5　ああそう、ありがとうございます。気にしてくれて、私のこと。ありがとう。

2　や、すいません。俺がすいません。あの、あと30分、過ぎるまで、一緒にいてもいいですか？　一応。

5　私は全然、むしろ、

3　急に襲われたりしたら、守れんの？　そのマッチ棒みたいな体で。

2　いやいやだからリスクを減らすんじゃん、リスクを。こんな街中歩いてちゃダメだよ。

5　でも、鬼ごっこしてたんでしょう？　船井くん。死ぬ間際。

2　ああ、はい。

5　（笑う）かわいいね。

午前10時55分

2　体調は？

5　全然、普通。とても。

2　お酒は？

5　もう2ヶ月飲んでません。

3　ねー。

5　ねー。

2　じゃああと5分、急に走り出したりしないでくださいね。

5　（笑う）さて、どうかなー？

3　えー。

2　生きたいんですか？　アリサさんは。

5　明日のことはわからないですけど……生きたいですよ。今は。

2　……じゃあ、全力で阻止しますんで。

5　……死にたかったら？　私が死にたかったらどうなんです？

2　……そしたらたぶん、いまこんなところでこんな風になってないですよきっと。ここでこうなってるのは、必然ですよ。アリサさん。偶然なんかじゃない。アリサさんが生きたいって思ってるから、マユミとアリサさんが出会って、それで、こうなってます。

5　…………。

2　死なせませんよ。俺らが。

彼らの見えないところで、死神が4に取り押さえられている。死神は抵抗して5のほうへ向かおうとするが、4がそれをさせない。4の力ではままならなくなってくると、やがて1が現れる。この1は穴蔵の腐ったバナナではなく、名もなき者として登場する。そして暴れる死神を取り押さえ、声高らかに叫ぶ。

名もなき者　確保！　確保ー！

完

あとがき

［2021年のあとがき］

お買い上げありがとうございます。

このあとがきをあなたが読んでいるということは、2021年3月25日から28日までの森下スタジオでの上演をご覧になったということだと存じます。あるいはその上演を観た友達に借りたこれであるか、家族の本棚から盗み読んだこれであるか、引越しの整理で捨てるか保管するか迷った挙句のこれであるか、いずれにせよたった三日間会場で販売されたこの戯曲、そしてこのあとがきに触れているあなたはかなりレアです。日本の人口の一パーセント以下です。宝くじ高額当選レベルの確率です。そんな確率でこれを手にとってくださり本当にありがとうございます。というか、おめでとうございます。

今作はオンライン上を演劇の場と見立てる「むこう側の演劇」という活動の一環の作品『バナナの花』をベースにしています。『バナナの花』はYoutube上に2020年5月から月に一本ずつのペースで公開されました。最終的に『バナナの花』は主人公の穴蔵の腐ったバナナが死ぬ2020年9月30日午後4時21分に合計4話全ての動画が削除されました。フィクションの中の人物が死ぬ時間に合わせて、現実に存在するフィクション（動画）そのものも消滅し、そして2020年9月30日がすっかり過去になる未来に舞台作品化する、というこの一連すべてがコンセプトだったのです。フィクショナルな時間と現実の時間とを交差させていくことで、現実、の時間を強く感じさせたい、と思ったのです。例えば今作にはしつこく日付がプロジェクションされますが、二〇年後に今作に触れた時、フィクションに閉じ込められた2020年9月30日を、2040年の観客および読者が感じるわけです。時間が経ち、時代が経過する中で、2020年はどのような空気感を抱えていたのか、その見え方が時とともに変化する作品にしたかったのです。

今作を書き始める上で僕は、いろいろな忖度（そんたく）をせず、雑念を振り払い、とにかく戯曲と向き合うのだ、という覚悟で書いてみることにしました。たとえば忖度というのは、上演時間長すぎたらいろいろ面倒だろうな（劇場の退館時間とか、コロナの時短要請とか）、とか、このシーンは冗長で観客に飽きられるんじゃないか、とか、単純に予算の問題でこれは実現不可能だろうと懸念することだったりとか、そういういろいろな些末なことを考える中で、結果妥協する、といったことはやめようと、書きたいこと気にせず書こうと、誓った物語でした。ですから、もう、これを読んで、あるいはこの作品の上演に触れて、この作品の戯曲がいまいちだったのならば、もう僕になす術はないというか、相性が悪かったのねと思うしかないというか、その領域までいってしまおうと腹を括ったといいますか。そして腹を括ったことで、視界は晴れやかといいますか、作家としての自分を大きく成長させてくれた作品であったと言いますか。

今作は僕個人のいろいろな出会い、別れの中で生まれたものです。演劇創作はとかく出会いと別れの多い作業です。たくさんの俳優やスタッフと出会い別れ、上演すれば日々さまざまな観客と出会い、別れます。演劇は「出会いと別れ」を切り離して考えることのできない「人間的な関係の営み」を強調された芸術です。だからとてつもない関係性における困難もあれば、とてつもない関係性の喜びもあるのです。

こうしてこの文章であなたに出会えていることもまた、僕にとってとてつもない喜びです。なぜなら奇跡的な巡り合わせでなければ今この文章、この行、この言葉、にあなたと僕が交差する瞬間などないわけですから。つまり僕もまた、あなたに出会えてレアな人間というわけです。お互いに、おめでとうございます。

［2022年のあとがき］

右のあとがきは、本文中にもある通り2021年3月25日から28日の森下スタジオにて物販された販売用上演台本のあとがきです。あの日から一年が経ち、もうすっかり、私も私の周囲の人々も、世界も、変わったように思います。まずは一人称を僕から私に変えたいという気分です。そして一年前は新型コロナウィルスの新規感染者数が全国で一〇〇〇人を超せば大騒ぎになっていた国内の報道は、いまや連日二万人を優に超えても淡々と粛々と、もう飽きてしまったと言わんばかりに冷静に報じられています。まん延防止重点措置（その効果への疑問から略してマンボーなんて揶揄された時もありました）は解除され、三回目のワクチン接種も本格的に進みはじめ、街には賑わいが戻りそうな迫力もあります。しかしながら公然としたお花見は今年も許されないでしょう。日本人の真面目さというか同調圧力の強さというか「わきまえよ」という視線が飛び交い桜の木の下にシートを広げることはまだ難しそうです。けれど夏頃になってお祭りは、お祭りだけは今年こそ規模感を変えても開催されるかもしれません。いや、これは私の単なる願望かもしれません。お祭りが人間や共同体の心にもたらしていたポジティブな効果に、これほど気付かされた数年間はなかったのではないでしょうか。やっぱり基本的に、人は人と触れ合いたいのです。シャイな人々にとってお祭りは（あるいはお花見も）そして演劇も、その口実なのです。

人は人と触れ合いたいはずなのに、悲しく辛いことに、世界ではまた戦争がはじまってしまいました。２０２２年２月２４日にロシア軍がウクライナに政権転覆を目的に軍事侵攻をし、これにウクライナが徹底抵抗しました。以降欧米やヨーロッパを中心にロシアへの強烈な経済制裁が課され、日本もそれに足並みをそろえ圧力をかけていきました。侵攻を指揮した（とされる）プーチン大統領の突然の暴挙に世界中が混乱し、情報統制のさなか自由を奪われるロシア国民、なによりも暴力的に蹂躙されるウクライナの人々が不憫でなりません。まことしやかにささやかれる第三次世界大戦の開戦もあってはならないことですし、なにより世界中が「楽観」を敵視し「備え」をアラートしはじめている雰囲気が恐ろしくてなりません。日本もその例外ではありません。ウクライナ侵攻をうけて、日本も核共有の議論をするべきだという趣旨の発言を安倍晋三元首相がしました。多くのタレントもワイドショーで「平和ボケしていると、日本もいつかウクライナのように侵攻される」と公然とコメントしています。むろん議論自体そのものが否定されるべきではありませんが、この「敵に備えよ」のアラートが集合意識を形つくってしまうことは、私は非常に警戒したいと思っています。

　穴蔵の腐ったバナナは今をどう見るでしょうか。彼が経験することのできなかった時間を経験した私としては、２０２０年９月３０日で止まった彼の時間に対して、勝手に進んでしまう生きゆく私の時間との差に、そしてもしも彼が生きていたら何を語るのかという説教口調に、思いを馳せずにはいられません。たかが戯曲の中の登場人物、と言われてしまえばそうですが、しかし、確実に私の中では、そして彼を演じた俳優の中では、共演者の中では、穴蔵の腐ったバナナは生きて、死んだのです。観客にとっても読者にとってもそうであってほしいと願って創作をしましたが、それはわかりません。この戯曲が、つまり彼の死が、現実の時間に対してどんどん古びてゆけば、穴蔵の腐ったバナナに対する思いも古びていくのでしょうか。それはわかりません。しかし少なくとも、彼が死んで数年が過ぎて、私にとって彼の死が古びないのは事実です。むしろ時間が経てば経つほど、彼の死の輪郭がはっきりしてくるというか……。実は、この文章を書く一ヶ月前、そして岸田國士戯曲賞の受賞の報を受ける一週間ほど前、大切な友人であり演劇仲間であったAの訃報を知りました。ご遺族の意向により名前をAとしますが、Aの突然の病死を知って、不謹慎とはわかりつつもどうしても私は穴蔵の腐ったバナナとAの死を重ねずにはいられませんでした。Aも穴ちゃんと同様に、人に愛され、人を愛し、しかし社会をまともに生きるにはあまりに不器用で、優しすぎる人間でした。正直なことを言うと、穴蔵の腐ったバナナ、というキャラクターに数パーセントAの人格が含まれているのは事実です。とある理由から疎遠になってしまったAのことを、どこかで想いながらこの戯曲を書いたし、結局のところ作家というのは、世間一般で言われている「無から有を生み出す」存在などではなく、出会った人間や別れた人間、そして自分自身、と向き合ってしか、つまりこれまでの「有」の中からしか、新たな「有」を生み出せません。2021年のあとがきにもあるように『バナナの花は食べられる』は私のあらゆる「有」が書かせた戯曲です。そしてAの死が私にとって「有」となってしまった今、Aの死を偲びながらも反映された戯曲をきっと無意識に私は書いてしまうでしょう。穴ちゃん、説教してくれ。この世界を、俺を。

私は今後も戯曲を書き続けるでしょう。書き続けることで、どんなに私が世間に無様を晒したとしても、です。その覚悟が確信のものとなった頃の岸田國士戯曲賞の受賞は、いささか「もっと早く欲しかった」感はあるのですが、タイミングもまた宿命でしょう。

ともあれこれまでの私のすべての出会いと別れと生命と死に、畏怖し、祈り、感謝します。一〇〇年後も会いましょう。

2022年3月

山本　卓卓

特別付録

『バナナの花は食べられる』の原型となった作品、むこう側の演劇『バナナの花』の第一話～第四話の動画リンクを特典として付録します。この作品群は実際に主人公が死ぬ２０２０年９月３０日午後４時２１分にすべて削除されました。本作を再度公開・付録することで『バナナの花は食べられる』の軌跡とコンセプトの全体像を感じていただけるのではないか、なによりもひとつの作品の死（削除）がこうした紙面の歴史となって復活するというドラマ性こそ主題ではないか、との思いから掲載することにいたしました。

第一話

2020年6月5日（金）20時公開

出演　埜本幸良　福原冠

ほぼ台詞が『バナナの花は食べられる』と変わっていません。それぞれの部屋は俳優の実際の家で撮影されました。撮影日は同年の5月頃、外出自粛が極めて強かった時期の苦肉の撮影でした。

第二話

2020年7月3日（金）20時公開

出演　埜本幸良　福原冠

撮影は『バナナの花は食べられる』初演の会場森下スタジオにて行ないました。森下スタジオは稽古場として普段から利用している場所です。歌舞伎の書き割りのイメージで、はじめてグリーンバックを用いて撮影をしました。ラストの「顔」は遺影をイメージしています。ところどころ物語の「予兆」を散りばめています。

第三話

2020年8月7日（金）20時公開

出演　埜本幸良　福原冠　井神沙恵

「レナちゃん」のキャラクターは随分異なります。動画のように『バナナの花』では流されるように人生を生きていた彼女が、本戯曲「バナナの花は食べられる」でどのように変化したか確認してみてください。撮影は新宿のラブホテルにて行ないました。第一話が「俳優の自宅」第二話が「稽古場」ときて第三話は「語られる場所と符号する実際の場所＝ロケ地」というこの撮影場所の変遷にはこだわりました。第一話が俳優の自宅で撮られたのは外出自粛のための不可抗力と言ってもいいのですが、結果的に物語の内容と合致します。第二話では「集合」それ自体はある程度許容されていた時期に稽古場で「嘘の屋外」を作り撮影します。そして第三話はロケ地、いよいよ「リアル」に集うことができたというわけです。

第四話

2020年9月4日（金）20時公開

出演　埜本幸良　福原冠　井神沙恵　細谷貴宏

撮影場所は横浜の「STスポット」です。「自宅」「稽古場」「ロケ地」という変遷を経て「劇場」へと続く流れというのはつまり『バナナの花は食べられる』という演劇作品へと続く道であることを示唆します。「リアル」と「虚構（はりぼて）」を往来する果てに、その合体の究極である「劇場空間で行なわれる物語」へと発展させるのだというコロナ禍での私たちの「次は劇場で」の心情が反映されています。当時は本当にあまりにも「普通の演劇」ができなかったのです。そしてここでの「ミツオ」のキャラクター像も随分異なっています。最終的に文字読み上げ機能に発展したのは俳優がキーボードのタイプよりもスマホのフリック入力のほうが身近だとふと発言したことに依ります。以降とても描き易くなったのを記憶しています。

上演記録

範宙遊泳『バナナの花は食べられる』　２０２１月３日２５日（木）〜２８日（日）　森下スタジオ（Cスタジオ）

作・演出：山本卓卓

出演：埜本幸良　福原冠　井神沙恵（モメラス）　入手杏奈　植田崇幸　細谷貴宏

音楽：大野希士郎　**美術**：中村友美　**照明**：富山貴之　**音響**：池田野歩　**音響操作**：栗原カオス
衣裳：臼井梨恵　**舞台監督**：櫻井健太郎　**演出助手**：中村未希　**稽古場代役**：植田崇幸
宣伝美術：たかくらかずき　**配信監督・編集**：たけうちんぐ
制作助手：川口聡　**制作・小道具ラベルデザイン**：藤井ちより　**プロデューサー**：坂本もも

協力：プリッシマ　モメラス　合同会社Conel　モモンガ・コンプレックス　合同会社ロロ　急な坂スタジオ　ローソンチケット
助成：公益財団法人セゾン文化財団　芸術文化振興基金
企画制作・主催：合同会社範宙遊泳

著者略歴

山本卓卓［やまもと・すぐる］

劇作家・演出家。範宙遊泳代表。1987年、山梨県生まれ。幼少期から吸収した映画・文学・音楽・美術などを芸術的素養に、加速度的に倫理観が変貌する現代情報社会をビビッドに反映した劇世界を構築する。オンラインをも創作の場とする「むこう側の演劇」や、子どもと一緒に楽しめる「シリーズ おとなもこどもも」、青少年や福祉施設に向けたワークショップ事業など、幅広いレパートリーを持つ。アジア諸国や北米で公演や国際共同制作、戯曲提供なども行ない、活動の場を海外にも広げている。ACC2018グランティアーティストとして、2019年9月〜20年2月にニューヨーク留学。『幼女X』でBangkok Theatre Festival 2014最優秀脚本賞と最優秀作品賞を受賞。『バナナの花は食べられる』で第66回岸田國士戯曲賞受賞。公益財団法人セゾン文化財団フェロー。
http://www.hanchuyuei2017.com

上演のお問い合わせは範宙遊泳（info@hanchu-yuei.com）まで。

2022年4月20日　印刷
2022年5月10日　発行

著　者© 山本卓卓
発行者　及川直志
発行所　株式会社白水社
電話　03-3291-7811（営業部）7821（編集部）
住所　〒101-0052 東京都千代田区神田小川町3-24
www.hakusuisha.co.jp
振替　00190-5-33228
編集　和久田頼男（白水社）
印刷所　株式会社理想社
製本所　株式会社松岳社

乱丁・落丁本は送料小社負担にてお取り替えいたします。

ISBN978-4-560-09428-0

Printed in Japan

白水社刊・岸田國士戯曲賞 受賞作品

著者	作品	受賞回
山本卓卓	バナナの花は食べられる	第66回（2022年）
福名理穂	柔らかく搖れる	第66回（2022年）
市原佐都子	バッコスの信女——ホルスタインの雌	第64回（2020年）
松原俊太郎	山山	第63回（2019年）
神里雄大	バルパライソの長い坂をくだる話	第62回（2018年）
福原充則	あたらしいエクスプロージョン	第62回（2018年）
タニノクロウ	地獄谷温泉 無明ノ宿	第60回（2016年）
山内ケンジ	トロワグロ	第59回（2015年）
赤堀雅秋	一丁目ぞめき	第57回（2013年）
ノゾエ征爾	○○トアル風景	第56回（2012年）
矢内原美邦	前向き！タイモン	第56回（2012年）
松井 周	自慢の息子	第55回（2011年）
蓬莱竜太	まほろば	第53回（2009年）
三浦大輔	愛の渦	第50回（2006年）